好学校

〔美〕理查德·耶茨 著
姜向明 译

RICHARD YATES

A GOOD SCHOOL

上海译文出版社

谨 以 此 书 纪 念 我 的 父 亲

把你的椅子拖到悬崖边

那样我才会讲故事给你听。

——F. 司各特・菲茨杰拉德[1]

1 该句选自菲茨杰拉德的《崩溃》一书中N部分的笔记。

序

我父亲是纽约州北部人，年轻时学习音乐时一心想做个音乐会上的男高音歌手。他有一副训练有素的金嗓子，糅合了无穷的力量和无尽的温柔；听他唱歌一直是我童年里最美好的记忆。

我想他参加过几次专业的音乐会，在诸如锡拉丘兹、宾厄姆顿和尤蒂卡之类的地方，但他没能成为一个职业歌唱家；最终却成了一个推销员。我猜他进入位于斯克内克塔迪的通用电气公司是个拖延战术，为了在他继续寻找音乐会的邀约期间能有几美元的进账，但没过多久通用公司就把他耗尽了。到他四十岁的时候，就是我出生的那一年，他已经南下到了这座城市，工作也稳定了下来，而且在他的余生里再也没有换过工作——马自达灯具分公司（做电灯泡生意的）的地区销售经理助理。

还是有人会在社交聚会上邀请他唱歌——《少年丹尼》[1] 似乎是人们点歌时最流行、最受欢迎的一首歌——他有时会接受，但随着

1　著名的爱尔兰民谣。

岁月的流逝他拒绝的次数越来越多。如果别人坚持，他就会后退一步，微微摇手表示拒绝，脸上同时出现微笑和皱眉的双重表情：这一切仿佛都在说——《少年丹尼》；纽约州北部的岁月；唱歌这件事本身——所有这些都已成往事。

他在通用电气大楼里的办公室只容得下一张写字台和一张装在镜框里的我和姐姐小时候的相片；就是在这间斗室里，他年复一年地赚钱，不管有多少，每月按母亲的要求寄给她。基本上从我记事起他们俩就已经离婚了。

他非常爱我的姐姐——我想那一定是他对我们毫不动摇慷慨相助的主要原因——但他和我之间的关系，在我长到十一岁左右以后，似乎总是让对方感到有些别扭。在他们离婚分家的进程中，我和父亲之间似乎达成了某种默契：我将被交由我母亲抚养。

这样的假设造成了痛苦——对我们俩来说都是的，我猜，尽管我不知道他的真实想法——然而这里面也有一种忐忑的公正。尽管我非常希望事实并非如此，但我确实更喜欢母亲。我知道她是个不负责任的傻瓜，说起话来喋喋不休，为了芝麻绿豆一点大的事情就会歇斯底里大发作，危机当头基本上总是束手无策，不过我还是怀疑，郁闷地怀疑，我自己的性格构造可能跟她差不了多少。她和我成为彼此的安慰，虽说这既没有什么好处也没有什么特别值得高兴的。

雕塑艺术和贵族精神总是让她一样着迷，于是在离婚后，她成了一个雕塑家，渴望会有有钱人来欣赏她的作品，并邀请她加入他们的生活。她的艺术和社交野心永远都在遭受打击，常常是以令人蒙辱的方式，但偶尔也会有撩人的时刻，那时一切都会显得是为了讨好她而来。

那样的时刻有次出现在一九四一年的五月或六月，那时我十五岁。在之前的一年左右的时间里，她在自己的画室里开了一个每周一次的小雕塑班，所谓的画室就是我们在格林威治村公寓里的一间起居室。她有一个学生，是个格外美丽可爱的有钱姑娘，名字叫简。我想简一定浪漫地认为我母亲是个努力奋斗的艺术家，就像许多人认为的那样（我也这么认为）；总之，她退出雕塑班后就结了婚，还立马邀请我们去参加她的婚礼。

那是一场真正的社交婚礼[1]，在简父母位于韦斯切斯特县的巨大草坪上举行，我们以前从没见过这种排场。新郎几乎和新娘一样光彩夺目，是个年轻的海军军官，穿着一尘不染的白制服，竖着高高的领子，配有黑黄相间的硬肩章。婚礼上有一支管弦乐队演奏，在用白帆布围起来的特意搭建的一块场地上有一个舞池。简和海军军官刚用一把亮得刺眼的刀切开蛋糕，就有成百上千个漂亮姑娘和她们的舞伴翩翩起舞了。

我穿了件有肩衬的廉价冬装，由于我长得太快已经不合身了，它是我父亲在时代广场上的邦德商店里给我买的。如果说我觉得不自在，那我更讨厌去想我姐姐此时此地一定会有的感受：她只比简小一岁左右；这些光鲜的姑娘小伙她一个也不认识；她的衣服肯定也和我一样从头到脚都不对劲；然而她还是和我一起跟在母亲后面，微笑着，一边啃着水田芹的小三明治，一边在这绵延数英亩的草坪上从一堆闲聊的宾客走向另一堆。

1　指上流人士举行的场面隆重的婚礼。

“这孩子在上学吗？”一个女人用尖利的声音问道。

“嗯，事实上，”我母亲说，“我一直在考虑为他找一所学校，不过有那么多的学校，我真的搞不清楚……”

“多塞特中学，”那女人说，此时我看了她一眼：高大、冷漠，下巴底下一大堆赘肉。“那是东部地区唯一理解男孩子的学校。我儿子喜欢那里。”她把一块卷起来的水田芹三明治塞进嘴里，用力地嚼起来。接着，她边嚼边说：“康涅狄格州多塞特市，多塞特中学。别忘了。把它记下来。你绝不会后悔的。”

一天，多塞特中学的校长 W. 奥尔科特·克内德勒，在收到我母亲的问询信后来我家访问。那天我刚好不在家，不过事后听到了那次拜访的详细情形。校长亲自登门！是不是很了不起呢？他刚好来纽约；他随身带着妈妈的信；他就顺便过来跟她介绍一下多塞特中学。她气喘吁吁地道歉——她的画室乱得不像样子；她没想到会有人来拜访——等她听到学费时，她只得告诉他她有多遗憾：一千四百美元根本没有讨论的余地。而神奇的是，W. 奥尔科特·克内德勒居然没有走。有时候，他解释说，也可以考虑打点折扣的——也许甚至能降到半价。七百美元的话她能负担得起吗？能至少考虑一下吗？他是否有幸可以邀请她和她儿子，在今年夏末赏光去参观一下多塞特的校园呢？

“他就是——我不知道怎么说好——就是那种最好的人，”她对我说。“单单用好这个词不足以来形容他。听上去是所**很有意思的**学校。一所很小的学校，总共才一百二十五个男孩，你知道吗，那意味着每个孩子都会得到充分的关注什么的。还有，你知道他说了什么？”她的眼睛闪闪放光。

“什么?”

“他说‘多塞特崇尚个性’。听上去是不是很适合你呢?”

那年七月我们去参观了校园，那简直是一次心照不宣的激动之旅。就像我妈妈肯定已经说过二十遍的话，那是个美丽的地方。多塞特中学远离北康涅狄格的任何一座城镇。它是在二十世纪二十年代由一个叫阿比盖尔·丘奇·胡珀的古怪的百万富婆出资建造的。人们常引用她说过的一句话，她这辈子最大的心愿就是“为绅士阶层的孩子们”造一所学校，为此她毫不吝惜钱财。所有的大楼都是用一种深红色的厚砖石建造的，我们被告知这叫“科茨沃尔德”建筑，石板瓦的三角形屋顶，使用的木材故意选用了那些处在幼苗期的，那样长大后就能呈现歪歪扭扭、自然松垂的有趣造型。四幢长条的教室兼寝室的建筑构成了一个可爱的四方院，三层楼高，中间围着好多株参天大树。在远处，沿着弯曲的石板路，还有大大小小各色各样的漂亮建筑，都有一个斜坡顶和昂贵的铅框平开深窗，还有如茵的草坪。

在这个地方的美丽背后，有一种虚幻甚至可以说是华而不实的东西——也许是在华特·迪士尼的摄影棚里搭建起来的一所预科学校——聪明人一眼就能看出来，我却花了好几年才看出来。还有一件事也是我花了很长时间才了解到的，尽管我想从简婚礼上的那个女人的腔调里我已经猜到了：多塞特中学以接受那些因为各种各样的理由没有一所学校愿意接受的男生而著称。

我母亲抱着极大的希望回到纽约，给我在办公室工作的父亲打了一通热情洋溢的电话，为了得到钱。我想她为这事打了几通电话，不过最终还是和往常一样，她如愿以偿了。入学手续以令人惊异的速度完成了，我注册为该校的四年级学生（就是十年级），在九月份入学。

接下来的事情是买校服，为了满足此类需求，弗兰克林·西蒙男子服装店全权代理。多塞特的孩子们白天穿有品位的灰色格子呢西服——店员说别人一般都备两套，但我们坚持只要一套——还有一种选择是穿正式的多塞特运动服，紫红色的法兰绒，蓝滚边，胸口口袋上印有学校的标志，我们拒绝了这个建议。还有一套规定的晚间制服：双排纽的黑夹克，条纹的裤子，脱卸式硬领的白衬衫（普通领或燕子领），一个黑领结。

“现在，”我们走出商店后母亲说，“你就是个多塞特男生了。”

还不完全是。校长的完美辞令中最吸引我的部分是多塞特的学生有“社区服务”活动——砍伐树木，做农场的活，像流动工一般坐在小货车的平板上到处转悠——因此我们的购物还没有结束，我带着妈妈去了一家海陆军商店，在那里选了合适的工装裤和工作衬衫，合适的高帮工作靴，仿海军的短外衣。即使其他方面我不行，有了这样一套行头我就能够在多塞特中学里和别人一较高下了。

不难猜到我父亲对这一切会作何种感想。他一定会认为昂贵的寄宿学校是个荒谬的主意，那里的开销毫无疑问会使他陷入一场债务危机。但他在这件事上对我还是很友善的。他破天荒地带我去了他在曼哈顿的西区公寓，就我们两个，晚饭给我吃了一顿好吃的炖羊肉，我想那一定是他的女友在那天下午为我们炖在炉子上的（我见过她几回，但每回都很尴尬，不过那天晚上她也许是故意让我们独处的）。与我居住的那个乱七八糟的雕塑家工作坊相比，他的家干净整洁得几乎一尘不染；等我们收拾完盘碟后，我们坐下来谈了个把小时——我们之间的交谈向来吞吞吐吐、尴尬不堪，不过我记得那次谈得要比往常好一点。那天晚上他送了我两件礼物带回家去，他觉得这些礼物也许会对一个寄宿生有用——一只破旧的大衣箱，是那种被称为“波士顿箱包”的老式样，后来在我毕业那年它终于粉身碎骨了；还有一只装剃须用品的小皮包，看上去是新的，上面还印有他的姓名缩写，我在部队里的时候一直随身带着它，直到丢失在德国的某个地方。

我想所有人都会认为他在这件事上的做法很漂亮。我能想象出这样一幅画面，这也许发生在他工作的那间办公室外，他和另一个雇员穿着衬衫，各自的手上都捧着一叠办公文件，也许是在一整天都在打字机上嘀里哒啦的间隙停下来彼此友好地打个招呼。我想象另外那个人比我爸更高大健壮，很可能会用一只空着的手抓住我爸的肩膀。

“你家里人都好吗，迈克?”他会这么问。我父亲名叫文森特，不过办公室里的人都叫他“迈克”；我从来也不知道为什么。

“哦，他们都好，谢谢。”

“你那个漂亮的小姑娘就快结婚了吧?”

“哦，我不知道——希望别太快；不过，我想肯定不会太久的。”

“我打赌一定是的。她真是个甜心。小儿子怎么样呢?”

“嗯，他秋天就要进预科学校去做寄宿生了。”

“是吗?预科学校?天哪，迈克，这下你不是要穷得每天喝粥了吗?”

“是啊，确实——不便宜，不过我想我还能对付。”

“哪一所预科学校？”

“一个叫多塞特中学的地方，在康涅狄格州。”

“多塞特？”那人会说。“我好像从来没听说过。”

我想象我父亲想要转身离开，于是就用疲惫的神情结束了这场寒暄。那年夏天他并不老——他五十五岁——不过再过十八个月，他就去世了。“是啊，”他会这么说，“事实上我也从来没听说过，不过——你知道——据说那是一所好学校。”

第一章

特里·弗林十五岁，有一张天使的脸和运动员的完美身材。他的个子虽有些矮小，但他绝对可以称为美少年。他穿戴整齐地走在朋友们中间，步履轻松敏捷，格外优雅，这使他显得与众不同；只要看看他走路，你就能想象他会如何跳起来接住一个前方传球，然后绕过每一个可能的截球手，一个人飞奔至禁区，拿下一个触地得分，观众们纷纷为之喝彩。

特里的这身打扮虽然看上去很不错，但那是没法和他每天在宿舍里的表现比的——他脱光衣服，腰间围一条毛巾，穿过走廊去了淋浴房。可以用“肌肉男”来形容他：每一根突起的线条，每一处起伏，都好像是一个古典雕塑家用一把凿子刻出来的，他也以此为准，举止优雅。“嗨，特里”，他经过时同学们会这么叫他，或“嘿，特里”；特里·弗林才进多塞特中学没几天，就成为三号楼里唯一一个被所有人直接叫名字的新生。

淋浴房还包括走廊尽头的两间厕所和四个水池，在这里，他看上去气度不凡。他会谦虚地来上一段小小的表演，把腰际的毛巾一把扯开，来证明他的下身如一头烈马般坚挺；接着他走到热水龙头底下，站在那里摆姿势，把身体的重心在两只脚之间换来换去，一尊湿漉漉、亮闪闪的雕像。他右手小指曾在一次橄榄球赛中受了伤，后来一直没有很好矫正过；它不能弯曲，只是微微有些僵直，头回看见你会以为是他故意这样的，不过配上他那种什么都不在乎的个性是再适合不过了。

多塞特是特里的第四所预科学校，但他还在读二年级——他还在学习阅读——因此他的同班同学并不是他的同龄人。午饭前的几小时，他和一群十三岁大的同学们待在一起，不论特里朝哪个同学微笑，那人都会傻傻地觉得浑身温暖；一天里余下的时间他分给了他的同龄人。他的房间成为三号楼里最受欢迎的聚会地点，有时甚至会有高年级的同学大驾光临，十六七岁的男生们会走进来加入一场胡闹。特里的话不多，但只要他开口就总能说到点子上。他笑起来也令人难忘，一声爆炸般的"**叭—哈**"，走廊上的每个角落都能听见。

"嘿，你听说了德雷伯先生和他家酿的酒吗?"有人在一次社交聚会时这么说。德雷伯先生是化学老师，因小儿麻痹而四肢残疾，他如此脆弱以至于几乎无法行走或握牢一支铅笔。"麦肯齐昨晚不得不去实验室拿一本书或别的什么该死的东西，他打开电灯看见德雷伯倒在地上，仰面朝天，胳膊和腿在空中乱舞，就像——你知道吗，就像想要翻身的臭虫。于是麦肯齐蹲下去把他扶了起来——他说他大概只有六十五磅重——一股可怕的酒气几乎把他熏晕过去：德雷伯**烂醉如泥**。"

"**叭—哈!**"特里·弗林说。

“他把在实验室后面做的家酿喝了个精光——你见过那个叫什么来着的大家伙吗？一个大缸，外面接着像是管子什么的东西——他就这么醉醺醺地跌倒在了地上。老天，如果麦肯齐没有正巧过去，他就会一晚上都躺在地上了。麦肯齐把他放在一把椅子上，可老德雷伯看上去就像马上又要摔下去，他还说：‘请把我妻子叫来。’于是麦肯齐就去了德雷伯家找他的太太……”

“她一个人在家吗？”又一个人插嘴问。“她一个人吗？法国佬拉普拉德没有在床上陪她吗？”

“叭—哈！叭—哈—哈！”特里·弗林说。

“……我不知道，我猜她是一个人吧；反正，他们俩想方设法把老德雷伯弄回了家，然后德雷伯太太对麦肯齐说，她说：‘这件事就我们俩知道，行吗？’”

那一年，多塞特来了许多英国男生，都是躲避战火的难民，由于品行端正，他们似乎总在学校的茶会上广受欢迎。他们中有一个叫理查德·爱德华·托马斯·里尔，就住在特里·弗林的对门。他的站姿挺拔，一头浓密的乌发，明亮的眼睛，除去他的嘴巴总在那里湿答答地流口水，像只四处觅食的动物，也许可算是一个英俊少年。

“你一定很想家吧，”爱德华·斯通太太在十月的一天下午一边对他说着，一边倾身向前往他的杯里加茶。“我真希望你能够多告诉我点滕布里奇韦尔斯[1]的事情。那儿也遭到了严重轰炸吗？我刚读

1 Tunbridge Wells，英国肯特郡一市镇。

完《白崖》[1]，觉得又好看又感人，当然了，我丈夫说这不是一本好书。”斯通太太是英语老师的老婆，是个精神老也不能集中的女人，去她家做客是很重要的一件事，因为斯通夫妇有个甜美害羞的十五岁女儿，名叫伊迪丝。她很少在家，不过总有机会的。而且，斯通太太本人也毫不逊色呀：她拿着茶壶朝你靠过来，如果你运气好，可以把她那对丰满白皙的乳房看得清清楚楚，可以一路往下直看到乳头那儿。

“我希望滕布里奇韦尔斯不会发生很大的变化，斯通太太，”理查德·爱德华·托马斯·里尔说。“我希望还能看见它在我记忆中的那个样子。”接着，他咕咚咕咚喝完茶，站了起来。“我恐怕得走了。太感谢您了。”斯通太太回过头去叫待在书房里的丈夫，里尔趁机伸出一只手，抓了六块昂贵的巧克力饼干，塞进他多塞特运动衫的边袋里。

“很高兴你来这儿，呃，里尔，”斯通博士在门口眨眼说。

“是我的荣幸，先生。”他一只手插在口袋里，微笑着站在这里，分明就是一个即将告别的彬彬有礼的客人。“再次感谢你们二位。”

在他穿过四方院走向三号楼的途中，他一口气吃光了所有的饼干。等他到了楼上的房间，由于吃得过多觉得有些恶心，他脱掉衣服去洗澡。从淋浴房里的情形看，里尔没什么好担心的：他也许没有特里·弗林那么蔚为壮观，不过他也不错了，他的老二大小合适，还有一双强健的毛茸茸的大腿，令人羡慕。另外：他比谁都拿手的

1　美国作家爱丽丝·都尔·米勒（1874—1942）出版于一九四〇年的一部中篇小说，全书用诗体写成。

是，他知道如何用一条湿毛巾啪地打在别人的光屁股上。

不过，有时候，尤其是在一天里的这个时刻，一种说不清楚的忧郁感会将他俘虏。他想要挥拳、摔跤、嚎叫；只有这些运动才能让他再次感觉良好。他洗完澡，换上晚饭时穿的衣服，走到外面的走廊上，看见阿特·詹宁斯在小心地把黑夹克上的一点点棉绒弹下来。詹宁斯是个肥胖的、可爱的近视眼；他比里尔高大，但那只会更刺激里尔去捉弄他。

“我的天！看哪！”里尔夸张地指着淋浴房，用一种惊恐的声音喊道。趁詹宁斯转过头去，他跑上前用足力气往他的上臂揍了一拳。

“**噢！**你个**狗娘养的！**”詹宁斯想要打还他，但没打着——里尔闪到一边，站在那儿微笑，湿答答的嘴巴闪闪发光——接着他们就扭打在了一起，做出一系列笨拙的摔跤动作，跌跌撞撞地跌进了詹宁斯的房间。起先他们在地上厮打，撞翻了椅子，詹宁斯的眼镜也掉了下来；后来又打到了床上，里尔挥舞的一只脚把詹宁斯贴在墙上的一张航海图踢出一道长长的裂缝。六个或是八个男生从开着的门边经过，一脸冷漠地看着他们。最后是特里·弗林毫不费劲地把他们拉开了，仿佛是在分开两只打架的小狗。“行了，兄弟们，”他说，“三分钟比赛到此结束。”

他们气喘吁吁地揉着打疼了的手脚、脖子和肋骨，头昏眼花得站都站不住。他们的晚间校服也毁了：里尔的夹克衫上一个肩膀裂开了缝，两人的白衬衫都被汗水弄脏了，硬领子和领结荒唐地离得老远。在詹宁斯立领上放光的是里尔的一条长长的黏稠的唾沫。

“下次揍死你，你个混蛋，”詹宁斯说。

“你准备叫上谁呢?”里尔问。他感觉好到了极点——而詹宁斯，眯着眼睛把眼镜架回鼻梁上，看上去似乎也感觉良好。

让-保罗·拉普拉德在多塞特中学教法语的第二年，终于和这个地方达成了来之不易的和平。他更愿意回到纽约去，做一个生活拮据的翻译，偶尔做做他所谓的“一点点新闻工作”——在纽约时，他每天都能在床上躺到中午，旁边经常还躺着一个活泼的姑娘——不过，一个男人不得不随着时光流转而发生改变。这里的工作并不吃力，只要你学会如何摆脱那帮小赤佬的纠缠；薪水很可怜，但在这里你即使想花也不知道该往哪儿花；每天的生活也许就像斯巴达人一样有规律，不过只要你有点想象力，还是能够活出一个成年人的精彩的。

拉普拉德今年三十八。在他的纽约时代，有些姑娘叫他“好看的高卢人”，这使他更加强调自己看着别人时的犀利眼光，以及一个小矮子特有的精神饱满的姿势和动作；他喜欢自己的长相，上课时喜欢昂首挺胸地在教室里走来走去。他也喜欢自己的嗓音：清晰浑厚，劝诱时如歌唱一般动听，训斥时如打雷一般恐怖，说话时夹杂的法国口音足以使他确立起威信。

“我觉得是你的声音，它和别的因素一样重要，”艾丽丝·德雷伯去年春天这么对他说。“你的声音，你的眼睛，你抚摸我的感觉——哦，那种感觉。”听她这么说他直摇头叹气，因为这么多年来艾丽丝就没好好被人摸过，除了她可怜老公的那双柔软哆嗦的手。最糟糕的一点是他还相当喜欢可怜的杰克·德雷伯；事实上，他还曾经把他看作是在这所滑稽的小型学校里一个最近乎朋友的人。

不过，艾丽丝是个美妙的情人。对于一个三十六岁的女人来说，她的肌肤还相当紧致，还像一个小姑娘般热切。他们不知疲倦地缠绵在一起翻云覆雨，享受着彼此的身体，开始是在他的公寓里（想到这里是男生宿舍，头顶上的蒸汽管道上方就躺着许多男孩子，会让他们更加兴奋），后来是在树林里的一条毯子上。有天下午在树林里，她突然从他的身上缩了回去，遮住双乳，手指着一个男生，他笨拙地从旁边窸窸窣窣地跑过，消失在两百尺外的树林里。拉普拉德费尽口舌向她保证没事，叫她不必为此担心，可他自己也有点不安。那天晚上在木石结构的大食堂里吃饭时，他不时鼓足勇气把眼睛从餐盘上抬起来，看一看在这一大片孩子们的海洋中是否有人在盯着他瞧。这里那里总有一个孩子静坐着，孤独地瞪着眼前的食物发呆（拉普拉德十分理解；食堂里的饭菜简直就是一种刑罚）。大多数孩子都很吵，高声说话欢笑——看在老天的分上，到底是什么魔力使他们老是这么兴高采烈的？——不过，即使在那些嬉笑打闹得最开心的孩子身上，他也没有发现有瞄准他的目光。有一次，他小心翼翼地看向饭堂另一头的艾丽丝想与她对视——他是想告诉她，想用一丝难以察觉的微笑暗示她一切正常——可她没有抬头看他。她穿着一条朴素的黑裙；肩膀处看上去有点紧张，脸朝着下面，他看不见她的表情。在德雷伯夫妇坐的那张桌子的斜对面，是一群叽叽喳喳的孩子，可怜的杰克正在一心一意地切那块老得怎么也切不动的肉。

“到今年夏天你就会忘了我的，”艾丽丝在六月里这么预言过。“你会和那些纽约姑娘重温旧梦的，等到你秋天回来，就会把我忘得干干净净了。”

“好呀，”他说，“那会再次激起我想要拥有你的欲望。”

不过，他过了一个糟糕透顶的夏天。住在上百老汇一家寒碜的旅馆里，花了太多钱去吃垃圾食品，从他以前那些出版界的老关系里无法找到任何合作机会——除了一个例外，一个名叫南希的白肤金发女子，体态慵懒，还抱怨他的房间“污浊不堪”，他的纽约姑娘们没一个搭理他的。到了九月，面对多塞特的又一个新学期，他又一门心思想和艾丽丝好了。他想她；他要她，但同时他知道在这个秋天他会找到某些优雅的脱身方式。这种事情向来是没有前途的。

“哦，老天，我可想死你了，”在他们幽会的头一个晚上她如此说。“我以为你永远也不会回来了。你想我吗？”

“我每时每刻都在想你。”

但现在已是十一月，常识明确地告诉他再也不能这么继续下去了。她是个美人，但她的胃口实在太大。

他一个人待在公寓里，换上两套西服里颜色更深的那套去吃晚饭。他站在镜子前打领带，一边把他想要对她说的那番话练习了一遍。“这样的事是没有前途的，”他会这么说。“我想我们俩一开始就知道这个的。即便不是为了杰克，我也会觉得……”此时门铃响了起来。

她当然更应该明白事理，不该在这种时间上这儿来。在他匆匆穿过小房间走到门口时，他的怒火转化为一种动力，可加以利用的愤怒：也许是促成他大脑里那一幕的完美借口；这么好的机会简直就是踏破铁鞋无觅处。

可那不是艾丽丝：是一个十五岁上下、无精打采的瘦高个男孩。是威廉·格罗夫，新生，是他四年级法语班里最笨的孩子。

“先生，”格罗夫说，“您叫我五点半来谈话的。”

拉普拉德几乎要脱口而出：“我说过吗？”但他及时止住了。接着他说：“是啊，进来吧，格罗夫；坐下。”

这孩子一副邋遢相。他的花呢西服油腻腻的，不知多长时间没洗过了，领带是一块扭来扭去的破布，长指甲黑乎乎的，头发需要好好剪一剪。他走到椅子那里，感觉差一点要被自己的脚绊倒，他的坐姿那么尴尬，好像在表示他的身体是不可能得到安宁的。他简直就是多塞特中学的活广告！

“格罗夫，我叫你来，”拉普拉德说，“是因为我担心你。现在已经是十一月份了，据我看来你什么法语也没学会。问题出在哪儿？”

“我不知道，先生。”

“有时候，”拉普拉德说，“学不好外语是因为缺乏基础的语言能力。但你的问题明显不在这儿：斯通博士对我说你的英语成绩一直还可以。”

“是的，先生。”

“那么你说该怎么解释呢？一个英语还不错的学生怎么会完全无法掌握基础法语呢？嗯？”

“我不知道，先生。”

他那种惨不忍睹的坐相，低着头，等待这场小小的煎熬快些结束，开始让拉普拉德觉得忍无可忍了。“老师只能做这么多，格罗夫，”他说。“教育是种双向的活动。如果一个学生没有最微弱的——一丝一毫的理解力，没有一点学习的愿望，那再好的老师都无能为力。你明白吗？”

“不，先生。我是说是的，先生。”

此时拉普拉德站了起来，在小地毯上走来走去，就像他在教室前面走来走去一样，一只手插在口袋里拨弄着硬币。这个小混球简直要他的命。“我自己是这么看的，格罗夫，”他说。“我认为你是个懒汉。如果你勤劳一点，你就会剪指甲、剃头，把自己的衣服洗干净。你的英语不错是因为你觉得英语容易，法语差是因为你觉得法语难学。而重点在这里，格罗夫：重点就是我受不了你这种学习态度。你接下来要么全力以赴地学习，要么就真的——真的有麻烦了。”他激动得发抖。“听清楚了吗？”

“是的，先生。”

“好吧。我要你在本周末前交给我五张不规则动词表。而且必须要正确，听清楚了吗？好吧，你现在可以走了。”

看着这孩子吃力地从椅子里爬起来，鬼鬼祟祟地溜到门口，他好不容易才咬紧牙关没有高声怒喝起来。接着格罗夫走掉了，留下了拉普拉德一个人，两个拳头捏在口袋里，鼻子里喷着粗气。让一个孩子气成这样实在有点荒唐——他知道的。现在需要的是放松（就是这样，他坐在扶手椅里对自己说，此时呼吸也轻松了许多；就是这样；就需要放松），再好好想想他今晚该对艾丽丝说些什么。

夜幕降临，大树摇曳，威廉·格罗夫转过街角拐入四方院，向三号楼走去。事情还不算最糟。他原先一整天都在担心和法国佬拉普拉德的会见，不过也没那么糟。他到礼拜五之前必须做完五张不规则动词表，而他甚至连一张这种该死的东西都做不来，不过这种事以后再担心好了。这场麻烦暂时是结束了，而格罗夫早就学会了当麻烦结束时该心存感激。

“嘿，你好呀，吉卜赛人，”他走在楼梯上，从他身后传来一个洪亮的声音，他不用转身也知道那是拉里·盖恩斯。盖恩斯是个五年级学生，明年肯定能当上学生会干部，一个英俊强壮的十七岁小伙子，住在三楼的一间大房间里，在过去的几个礼拜里跟他说过几句听上去极为诚恳的表示友好的话。不过，他的兴致很快就被二楼的舍监史蒂夫·麦肯齐的声音给破坏了，他正和盖恩斯一起爬楼梯。

“‘吉卜赛人’?”麦肯齐问。“你为什么要叫他‘吉卜赛人’呢?”

“哦，我不知道，”拉里·盖恩斯说。“看到他就让我想到了吉卜赛人。”

“是吗? 呃，看到他就让我想到了一摊尿。嘿，你好呀，一摊尿。”

格罗夫也许该转身对他说“操你的，麦肯齐”，可他已经没有了那种选择。上个月他这么干过一次了——他在走廊上冲着他嚷“操你的，麦肯齐”，让每个人都听听——可那只是带来了一个令人难以置信的后果。

“好啊，有种，”麦肯齐说着向格罗夫走来，脸上带着一丝笃悠悠的微笑。他还不到十六岁，但身形巨大。“好啊，有种。看来你个小蠢驴想要找麻烦啊，是不是?”他的两只手垂在身侧，一张大脸向前突出。“想要揍我是吧，格罗夫? 嗯? 想要做个男子汉，把我揍一顿?”

格罗夫确实出击了——一记没有希望的右拳，相差十万八千里，反而使麦肯齐趁机抓住了他的手臂反扭过来，把他的身子往下压，让他一屁股摔在了地上，观众们爆发出一阵欢笑。格罗夫站起来，握紧了拳头再次出击，可麦肯齐全部灵活地躲开了，一次又一次地把他摔到屁股着地，直到这份乐趣渐渐失去了滋味。“哦，天哪，”他最后说道，“谁来帮帮忙，把这个该死的小孩从我身上拉开好吗？不然他就要被我揍得屁滚尿流了。”

以格罗夫看过的大部分电影的标准来说，那天晚上他的表现可以称得上是个英雄，或至少算个勇敢的小家伙；可在多塞特中学，这样的行为只能为他赢得傻瓜的名声。

在他的第二次争斗中情况也未见好转，它发生在几个礼拜后，对手是一个叫皮特·吉鲁的精瘦结实的法裔加拿大孩子，他住在走廊的另一头——尽管那场打斗至少是以更为经典的好莱坞方式开场的。吉鲁觉得，也或许是假装觉得自己受到了某种侮辱，让格罗夫和他一起去健身房单挑。格罗夫同意了，有五六个孩子跟着去观战。甚至连麦肯齐也去了，他去做裁判，同时也为了确保所有人在熄灯前都回到寝室。健身房里做好了精心的准备：几张保护垫拖过去，围起来形成一个拳击场；两人被安排好各自的角落；计时器设定好三分钟一个回合。威廉·格罗夫知道如果他这一仗打得漂亮就可以扭转乾坤——他在学校里也许仍旧能做个声誉良好的人——他怀着满心希望对吉鲁摆好了架势，可是不管用。他试了又试，可就是打不到吉鲁，而吉鲁却一再打中了他。刚进入第二回合，他们俩就一起摔倒了；接着就变成了一场摔跤比赛，吉鲁反扭住格罗夫的手臂，格罗夫只得认输，吉鲁取得了快速的胜利。没人过来拍拍格罗夫的背，也没人对他说什么安慰的话，他独自走回宿舍，一路上强忍着泪水。

他还是没哭，直到晚上一个人待在他的寝室里，才哭了出来（即使在那儿你也无法保证就你一个人；房门不过是用一个木插销锁上的，用一把刀或一个螺丝起子就能轻而易举地把它撬开；没人有安全感），不过他早已经习惯了这种羞辱的处境。如果他们需要一个出气筒，那他就是他们的出气筒。

“**叭—哈！**”特里·弗林对理查德·爱德华·托马斯·里尔说，他们身上只系着一条浴巾一起走向蒸汽弥漫的淋浴房。“**叭—哈—哈！**”

大个子阿特·詹宁斯，穿着短裤蹲在地上擦皮鞋，只是偶尔会停下来优雅地扶正鼻梁上的眼镜。

约翰·哈斯克尔和休·布里特，这两个孩子是整层楼里格罗夫最想结交的人，他俩坐在布里特的房间里专心致志地进行着智者间的交流。他们已经穿好了晚饭时的校服——他们似乎什么事都提前做好。哈斯克尔长相平平，据说就他的年龄而言颇为“早熟”。他对于任何一项体育运动都笨手笨脚的，但学习成绩总是名列前茅——据说他还曾“挑战”过他的老师——他还是《多塞特纪事报》的主编。布里特是个新生，他安静得出奇，还非常自负，是个强壮的中西部人，哈斯克尔似乎很相信他的智商。他们俩常常像这样一连坐上好几个小时，或者在林间散步，不停地谈论着什么，而别人都对他们敬而远之。

“……好吧，不过事物的**本质**才是关键，”格罗夫经过开着的房门时听见哈斯克尔这么说。“你不觉得吗？你这样看……”

格罗夫独自待在房间里，在床角上坐了一会，什么都不愿去想——他常常这么做——接着就脱掉衣服去洗澡了。他光着身子，习惯性地把他的老二往下面压了压，然后在身上系了一条毛巾，穿过走廊，走进滚滚的蒸汽里。

淋浴房是他一天里最惨的地方。不仅因为他瘦得皮包骨头，脸上的表情像任人宰割的羔羊，而且因为他的阴毛还没有长全：他只有一层棕色的绒毛，在莲蓬头下暴露无遗。

“我们的肌肉男来了，”他走进去时有人这么嚷嚷，而他对此的回答是“去你的”，不过除了这个，他们并没有再去烦他。

那天晚上，他们在食堂里也没有烦他。他像往常一样贪婪地大嚼大咽，但桌子上并没有人拿蛔虫的事来嘲笑他。（“你肚子里的老蛔虫还好吗，格罗夫？”有人曾这么取笑他，接下来就一发不可收拾了。“格罗夫，那么多食物是谁**吃掉**的呢，是你还是该死的蛔虫？”“你知道吗？有天早上我们看见那条蛔虫爬下楼来吃早饭；它扭来扭去地坐上了餐桌；我们问它：‘格罗夫去哪儿了？’而那条老蛔虫只是坐在那儿往两边瞧瞧，露出一个吃屎的傻笑……”）

哈斯克尔和布里特坐在一起长谈，依旧和别的同学保持着距离；除了他们，长桌两侧的每个人都在想方设法地瞎胡闹，他们对此似乎永不厌倦。他们时常用肘子捅来捅去，他们大笑着露出满口的叉烧、土豆或豌豆，有时他们喝奶会呛住，把牛奶喷得到处都是，之后还得用餐巾纸狠狠地擤鼻涕。

然后是一个半小时安静的自修课，格罗夫发现他自己什么也干不了。他一开始的状态还算不错——他准备好了填满一张法国佬拉普拉德要求的不规则动词表所需的全部材料（尽管他可能更应该为明天的历史测验进行准备）——不过没过多久他的注意力就转向了自己的右手，他的右手掌心向下放在书本和草稿纸之间。使他烦恼的并不是那可怕的手指甲，而是它看上去是那么苍白乏力，像个小孩子的手，手腕和手背上也没有纵横交错的、深深的静脉纹。接着他发现如果他扭过身去，把腋窝勾在椅背上，那么木椅子的尖角就会深深地嵌进他的肉里，他的手腕和手就会看上去更大一些，还会露出一丝令人满意的血色。青筋突起了，甚至在指背上都有，他盯着它看，看的时间越长，心情就越好。这才是一只男人的手。

“格罗夫？”

“……先生？”

那天晚上是埃德加·斯通博士监督自修室。他要求格罗夫站起来，坐到他的旁边；然后他用一种与周围环境相协调的近乎耳语的声音说：“你怎么啦，格罗夫？身体不舒服吗？”

“是的，先生——我是说不是，先生。我只是——我没事。”

“你无法集中思想吗？”

“不是，先生。”

“你在学什么呢？”

“我不知道，先生。法语，主要是。”

斯通博士刻意地看了他一会，之后就疲惫地移开了目光，就像人们在看了格罗夫后通常都会采取的态度一样。“好吧，”他最后说。“回到你的座位上去吧。”

在自修和熄灯之间几乎有两小时要打发，而三号楼二楼的麻烦事基本都发生在这个时段。

“……哦，天，那个小伊迪丝·斯通，”某人在走廊上说。

“什么？伊迪丝·斯通？她回家了吗？”

“你眼睛了吗？没看见她吃晚饭吗？看在老天的分上，她就坐在斯通夫妇的**那张餐桌**上。”

“是吗？我没看见嘛。”

“哪怕她把屄贴到你脸上，你也看不见她的。”

“我倒要弄样东西贴到**你脸上**……”

“……别，不过你听着，**我**有个好主意：我们去抓格罗夫，把他剥成光屁股后绑起来，再把他扔到斯通家的门廊上，按门铃后马上开溜。”

“叭—哈！”

威廉·格罗夫听到了，他独自待在房间里，目不转睛地盯着门上的木插销，以防万一。没人动插销，但为了保险起见，他站起来用两只手紧紧抓住它。

很快，走廊上的说话声转入另一个话题——显然他并没有什么危险——他觉得自己像这样满脸阴沉地站在这儿，摆出一副防卫的架势，有点傻乎乎的。虽说表现“勇敢”没有使他捞到任何好处，不过像个胆小鬼一样躲起来就更差劲了。

“……你真会吹牛，”此时有人在说。“你什么意思，他扔了一个六十码的长传球？**这所学校**里没人能扔这么远的……”

“……反正我这么说了‘看哪，先生，你没有给我们**时间**准备好这三章’，而他说……”

学生们之间的对话基本上就是这个样子的——杂乱无章、不痛不痒——此时格罗夫走到了外面的走廊上。他想要尽量小心地加入某一组谈话者中，当然不是作为一个参与者，而是作为一个热心的听众：他也许是只怪鸟，但毕竟是他们中的一员。

理查德·爱德华·托马斯·里尔看见他走过来。“格罗夫，”他说，“我说，格罗夫，你今晚过得好吗?”他咧嘴微笑，湿答答的嘴巴闪闪发光。

“OK。”

“感觉OK，是吗？很好。格罗夫感觉OK。我说，大家伙听着……”他抬高了嗓门对着走廊说。“大家静一静，好吗？我有件事要向大家宣布。格罗夫今晚感觉OK。”

“去你的，里尔，”格罗夫说，但他的声音被走上前来的同学们的喧哗声给淹没了。他们以迅雷不及掩耳之势扑了过去，一共有四五个人，轻而易举地把他放倒了，然后把他抬起来。他的胳膊和腿在空中乱舞，踢中了某人的下巴；他们抓住了他的四肢，不让他乱动，他就这么无助地被他们抬着往前走。

“叭—哈—哈！”

他们沿着走廊往前，好像是要去楼梯那儿——善良的主啊，他们是否真的想实施那个计划，把他剥光了扔在斯通家的门廊上？——不过那时，他们在离楼梯很近的地方停了下来，转身把他抬进了阿特·詹宁斯的房间。他们把他侧放在床上，脱掉了他的鞋子，解开了他的皮带，拉掉了他的裤子。他一只脚挣脱出来拼命乱踢，不过很快就被抓住了扭过去；接着，阿特·詹宁斯跨到他身上，坐在他的脸上，面朝着他的脚。

在令人窒息的穿着羊毛裤子屁股的重压下，他什么也看不清，不过他还是听得见。“……拿剃须膏来，”有个人说，另一个人说：“这也叫毛吗？狗屁，干脆**剃掉得了**。”他感觉一股热水流过了他的腹股沟，接着是一把安全剃刀小心翼翼地刮擦；没有花多长时间。

可是，他没有想到剃毛只是第一步行动。等到剃光了毛，他感觉有一只手迫近了他的下身——是谁的手呀？这群混蛋里哪个变态的家伙会把别人的鸡巴握在手里呢？——随后就开始了有节奏的手淫。

“……嘿，你现在很享受嘛；**来呀**，快射吧……”

这是真的：格罗夫不由自主地勃起了。他在阿特·詹宁斯的臀部不断看见捉弄人的图像——姑娘们裸露的乳房、裸露的大腿，还有神秘的三角区——格罗夫知道他已经完全失控了，随时随地都有可能射出来，除非他拼命控制。

于是他拼命控制。他集中起全副心思，虽然他在学习上还从来没有做到过这点，但这次他成功了。

“……啊，该死，它软下来了。不行了……”

他们没能让他射精；他们没能让他达到高潮，他知道他们此时已无计可施。这也许是一场惨淡的胜利，但毕竟是一场胜利。接着，詹宁斯改变了姿势，把屁股从格罗夫的脸上挪到喉咙下面。格罗夫不停地扭动身体歪着脖子望，终于看见有一只手仍然在他的身上忙活。此人的小指优雅地直立着：是特里·弗林。

过了会儿，格罗夫才意识到他的嘴巴自由了；他可以喊呀，于是他喊道：“操你的！操你的！操你的！……”

“让他闭嘴；他会把德里斯科尔给招来的。”

弗林的手仍在抽动——他不愿意放弃，他严肃地皱着眉头，一心一意要完成这项任务——可格罗夫觉得自己战胜了他们所有人。除了被剃光阴毛这件事，他甚至没法去说他们侮辱了他；整个这段插曲也许不过就是宿舍里的一场恶作剧而已，想到这个他来劲了，为了更刺激一下场面，他故意哈哈大笑起来，接着又边笑边嚷：

“好啊，好啊，继续努力呀，你们这些孬种，继续努力——喔，**你们**这帮家伙自己也这么玩吗。快点，接着努力呀！再用点力气呀！……”

当约翰·哈斯克尔和休·布里特悠闲地走过敞开的门口时，他还在那里嚷嚷，还在大笑——也许，还在看着这下流的一幕。哈斯克尔看见了弗林那只无比辛苦的手，露出一丝尴尬的笑容；布里特瞅着格罗夫的脸，他自己的脸也抽搐了起来，就好像闻到了什么腐烂的气味。

此时麦肯齐喊道：“熄灯！”格罗夫获得了自由，跑回了他的寝室，之后的数小时里，他都独自躺在黑暗中，思索着他这一辈子怎么还有脸见人。

第二章

珍珠港的新闻似乎在几周里对多塞特中学毫无影响；然后就开始发生变化了。

在学生大会上，W. 奥尔科特·克内德勒用最为严肃的口吻宣布了一套新的“战时守则”。他没有确切说明其中包含了些什么内容，除了社区服务的任务将有所增加，饮食将更为简朴，还有就是在防空警报演习时必须把窗口的灯火统统熄灭，但他用一种牺牲精神来渲染了它的色彩。“我们国家在打仗，”他说，“所以我们的表现应该与之相符。”

在《多塞特纪事报》的校友动向栏内，有关参军的报道开始铺天盖地，甚至很快就出现了一个牺牲者：一九三八级的一个校友战死于太平洋。

“大块头”哈罗德·泰勒，体育部主任，设计建立了一门他坚持要称之为“突击队训练”的课程，上课地点在食堂后面的树林里。在早春时节就布置好了场地，最高三个年级的每个学生每天都必须在那里通过一次。首先，你跳进一个深陷的散兵坑，再慢慢爬出来，然后是一面你必须翻过去的高高的木墙（有些孩子轻松地就过去了，有些不得不哆哆嗦嗦地用手抓着或用腋窝夹着，直到一只脚踏着了顶点，还有些会趁大块头不注意偷偷从旁边绕过去）。有绳梯要爬，有双杠要过，终点还有一条上面装着软铁丝网的低隧道，你必须像一条蛇一般爬过去。

大块头泰勒会站在起点线的旁边，他是个矮小结实、一本正经的人，孩子们称他为“肌肉男”，吹口哨命令两人一组的学生开始。口哨静静地吊在他运动衫外的皮带上，在炎热的天气里，他会把双手捧在嘴前做出个杯形，喊着诸如“你们这些小家伙以为这就叫吃苦，等你们到部队里就知道了”之类的话。

罗伯特·德里斯科尔，英语助理教师和学校里的纪律监督员，有时会出来站在他身旁看孩子们训练。

“你觉得他们掌握要领了吗，大块头?”一天下午他问。

“有些孩子掌握了，”泰勒说。“有几个可以的，但大多数还在那里吊儿郎当。”

“是嘛，总得花点时间的。”

除了脱掉眼镜后眼睛看上去吓人以外，罗伯特·德里斯科尔身上的一切都显得极为协调。他那头浓密的卷发如果顺其自然的话也许很难控制，所以他总是剪得很短。他的脸型狭窄，下巴宽大，嘴型可以称得上好看。

做一个预科学校的老师就是他曾有过的全部梦想。他在迪尔菲尔德的学生时代就有了这份雄心（他在那里创造了两项田径比赛的纪录，直到今天还没有被打破），而且到了塔弗茨也未曾动摇。他在新泽西的一所小规模的学校里开始了职业生涯，这所学校在大萧条时期倒闭了；之后为了生计他不得不卖起了保险，直到 1937 年，他听到在一个叫多塞特中学的地方有个叫克内德勒的新任校长在招募教员。克内德勒据说是该校十二年里的第四任校长——这听上去可不太好——不过这所学校的其他方面还是很有希望的，或者至少可以说是有挑战的：况且，他会有什么损失呢？

他没有什么损失，如今他觉得已经得到了许多。四十岁时，他成了多塞特的教职员中最受尊敬和欢迎的人。他和妻子被孩子们亲昵地叫做“老爹”和“老妈”，他为此开心地考虑一辈子都不挪窝了。

“不，不，”大块头泰勒在叫喊。“你们必须**撞击**那面墙。你们不能像小妞似的慢吞吞地爬上去，你们要**撞击**。”不过那时一对五年级学生漂亮地翻过了墙，墙在冲击下抖动着，接着他们又嘻嘻哈哈地冲向下一个目标，大块头的脸上露出了庄重而又满意的笑容。

“好了，”罗伯特·德里斯科尔说，“再见，大块头。”

“再见，鲍勃。”大块头转身看着德里斯科尔走开，另两个孩子趁机绕过了那面墙。湿答答的口哨静静地贴在他的下巴上，他羡慕地看着德里斯科尔的花呢夹克，它就像贴身的第二层皮肤一般包裹住他的肩膀，没有一丝褶皱或臃肿。无论大块头泰勒在三折镜里如何镇定自若，无论他和那个改服装的小矮子如何争吵，他就是没法让自己的大衣看上去如此合身。

罗伯特·德里斯科尔常常安慰自己说多塞特中学是一所好学校；即便如此，也还是能从鸡蛋里挑出点骨头来：要是它更像一所**真正的**学校就好了。在这里，几乎每个人的身上都似乎裹着一层虚幻的东西——教师和学生都是——你能从他们的脸上看出来。

比如说，有谁听说过哪所学校不组织校队和其他学校比赛的？那不正是预科学校的精华所在吗？但因为在一位脾气乖戾的老太婆订下的校章里有一项偏执的规定（当然啰，那是又一桩事情：有谁听说过哪所学校的校章是由一个疯老婆子制定的?），这里成了一座孤岛。他们专注于校内的体育活动。鹰队每个礼拜和海狸队比赛，这就是全部。到了橄榄球季节，因为没有足够的球员来组织一支常规球队，他们就玩六人赛——一个中卫、两个边锋、三个后卫。那是一种速战速决式的比赛，有时看上去非常精彩，但那也是一种敷衍了事的比赛，触地得分多得简直不像话。

孩子们对这种事的态度基本都算很好的；他们在鹰队或海狸队里努力培养出一种荣誉和忠诚感，每当晚饭后公布成绩，他们那由衷的欢呼声都会从食堂的大墙里传出来；但是德里斯科尔，在喧闹的欢呼声中搅拌着咖啡时，常常会这么想:不，不，这样是不对的。这样是不对的。

他能做的一切——每个人能做的一切——就是希望在未来能有所进展和改善。这里当然有一所真正的学校所必需的物质条件；这里有“硬件设备”；为此你必须感谢那个老太婆。此时他沿着食堂的一角走去，再次觉得，就像他常常觉得的，这里也许是整个校园里的一个最佳观景点。你能从这里看到校园的全景，看到可爱的“科茨沃尔德”建筑上的精美檐壁。开始是一小簇奇异的低矮建筑，招待所和邮局在这里，再往前越过一个长形的、一本正经的大礼堂，就到了校长办公室，然后转过一条宽敞的石板路就到了三号楼的拱门，这里就是四方院的后部；在那条弯道的另一侧，有一片很大的草坪，草坪后面就是气派的校长家。

还有别的风景。每当他从哈特福德开车回来都会被校园的美景所感动，就好像是头一回看见似的：你绕过一个巨大的水塔往前开就看得见它了，就在宽广的红色车道的三百码正前方。那儿是一号楼，拱门上方有一个小型的方塔，在远处的右侧树林里，可以隐约看见一些更小的建筑，似乎在向你保证你能在那儿发现一些别的好东西。

还有些时候，在猎鸭子季节，当他步履蹒跚地走回家吃早饭，爬上二号楼下面一道树木葱茏的陡坡，他会肘下夹着把裂开的猎枪停下脚步，怀疑这里会不会是整个校园里最壮观的风景——二号楼那高大闪光的柱石，全部都是石块建筑，隐约浮现在迷离的晨雾中，如一座中世纪的堡垒。

偶尔，在温暖的星期天午后，他会带上一摞绘图纸来到草地上，希望用炭笔来表达出几分他对这个地方的感觉。他对自己的要求向来不高——拱门上的光影嬉戏，比方说，或者是一排渐渐缩小的石板尖顶上的天窗，或者是一个烟囱顶和树木边的屋檐的组合——不过即使他老婆会说其中的某些素描画得“很美”，他也知道这些画都是蹩脚的货色。一个挚爱之地的气质是难以捉摸的，就像一个挚爱的人——在很久以前，他也曾想捕捉过，在他和玛吉新婚燕尔之时。他为她那张青春甜美的脸画了许多炭笔素描，还为她画了更多青春甜美得令人心疼的裸体画，尽管她红着脸表示反对。不过他最后把这些画统统丢弃了。

他走过大礼堂时，礼堂厚重的门开了，有十多个人走了出来。都是他不认识的人——全都穿着黑色的西服，有几个还拿着公文包——他停了下来，退到道路的边上，准备好万一有人朝他微笑的话他也回别人一个微笑，不过他们看也没看他就径直走了过去。直到他看见W. 奥尔科特·克内德勒和最后几个人说着话走出来，才意识到这是一次理事会议。他们将会匆匆地穿过三号楼的拱门，走出去，穿过四方院，走向停在一号楼前面的车子；他们手握着多塞特中学的命运，各自去往哈特福德、波士顿和纽约。

他等在那里，直到克内德勒与最后一位理事握完手；然后才走到他跟前问："怎么样，奥尔科特？"

"哦，不妙啊，鲍勃。"克内德勒的脸由于刚才竭力保持正式的笑容，现在还显得紧张。"形势很严峻，但比我担心的要好一些。"当他的眼睛终于慢慢聚焦在德里斯科尔身上时，他意识到理事会已经结束，就慢慢地放松了下来。"比我担心的好一些，"他再次说道，"也许从某种角度来说比我胆敢希望的还要好一些。你有时间吗，鲍勃？愿意来我办公室吗？"

克内德勒在他那张大书桌后坐定，转身打开后面的橡木墙上的一道门，里面是一个小小的食橱，他从中拿出一个上面盛着一瓶雪莉酒和几个杯子的托盘。

"……经营亏损，"他说道。"鲍勃，听他们谈论经营亏损你不知道我有多厌烦。这些人只想谈这个。别人会以为我们是在办一家工厂呢。好吧；干杯。"他抿了一口雪莉酒，小心翼翼地把杯子放到桌子上的吸水纸上。"当然啰，我们的经营亏损**确实**值得警惕，但我一直在跟他们解释还是有补救措施的。我觉得通过今天下午的会议我多少达到了一些目的。我告诉他们……"

德里斯科尔靠在椅背上，舌尖上享受着温暖愉快的雪莉酒，让克内德勒的话从他的耳边飘过。奥尔科特·克内德勒绝不是一个“受人敬爱的”校长角色；没人喜欢他。部分原因是他几乎一半时间都不在学校里，而是在追随未来的多塞特男生的家长们寄来的问询信的路上，“要招徕生意，”在员工大会上他喜欢这么说。不过，即使他整天待在学校里，他也许也不能让别人对他产生多少感情：他是个冷淡的人，一个转弯抹角的人，一个爱说话、爱笑的公关型男人，孩子们叫他“老酒瓶”，因为他看上去高大且脆弱，高腰肥臀。也许像那种身材的人在一所男校里是不可能有希望获得欢迎的。他妻子也没有什么办法来帮助他的事业：她也许曾经是个活泼的漂亮姑娘，可现在她的脸已经永远陷落在了一种僵硬的微笑里，好像在许多地方注射了奴佛卡因[1]似的。别的教师妻子说你即使认识她多年也不会听到她说过什么话，除了“太好了，太好了”。

“……所以你知道，又是胡珀太太，”克内德勒说道，“永远，永远都是胡珀太太。即使在她死后，她的校章也将在未来的岁月里成为学校发展上的绊脚石，更别说她还和我们在一起，她在十英里外，只会使事情更糟。她现在不是八十二就是八十四了，任何一位有资质的医生都会把她现在的状态称为衰老。她不讲道理，太不讲道理，有时我不得不说她似乎把所有的理事都捏在了掌心里。无论关于什么事，校章都在各个方面把我们堵得死死的。是啊，”——说到这儿他一口吞掉了杯子里的雪莉酒，然后勉强地挤出一丝笑容——“**几乎**在各个方面。我明白当财务形势变得足够严峻时，**有些**问题就可以被提出来了。我想我今天在服装的问题上展开了一场

1　一种麻醉剂。

非常棒的进攻。”

“噢？”

“哦，我现在还不能保证什么，但如果明年我们能告诉他们以后可以穿自己的衣服不是很好吗？不用穿校服，晚上不用穿西服戴硬领？”

“是啊，那当然，”德里斯科尔说着，把他的空酒杯放到桌子上。“不过我还在想——你知道——我还在想主要问题是校际的体育比赛。”

“在这个问题上你绝不是孤军奋战的，”克内德勒说，“我同意你的观点，而且无论我走到哪儿都会听到同样的话。是的。”他站起来，德里斯科尔也随即站了起来，克内德勒绕过桌子伸出了手。他握手的劲道出奇地大；他应该是在上门推销的时候学到了用力地握手是成功的保障。“是的，”他再次说道，一边把客人送到门口。“我们还是能办到的，鲍勃。一样一样来。”

德里斯科尔出来了，又沿着树林往家走。他刚爬上通向三号楼拱门的小道，就有一群更大的孩子从后面跑上来，冲到了他前面。他们是刚从突击队训练回来的，一个个气喘吁吁、哈哈大笑。其中之一是拉里·盖恩斯，他落在了队伍的最后面，和德里斯科尔并排走。

“还没有完成那个训练吗，老爹？”

“我在等克内德勒先生，拉里。我都准备好了，只等他了。”

“哇，那将是多难得的风景啊，”拉里·盖恩斯说。“看你们俩一起撞那面墙。听着，你保证训练的时候一定让我知道，好吗？我要去弄一架照相机来。”

“拉里，他们今年让你做鹰队的首垒吗？”

“我不知道；我想也许会让我去参加田径赛。”

“好的，”德里斯科尔说，“好的。”

“你会再教一英里赛跑吗？”

“希望会的。”

“好的。因为我真的想试试一英里跑。”

“是嘛，好的；那很好呀。”

“好的。”

他们俩都意识到说了太多遍的“好的”，于是都傻傻地笑了一笑，低头看着脚下的石板路。此时他们走进拱门的浓荫里停了下来，拉里把体重都压在穿着破跑鞋的一只脚上，两只大拇指勾在牛仔裤上。“呃，”他抬起头微笑着，最后说道。“再见，先生。”

孩子们叫德里斯科尔“老爹”，但也叫他“先生”；他必须承认他喜欢这样。在走进四方院时，他也不得不承认这已经不是第一回了：在和拉里·盖恩斯说过一番话后，他会脸红尴尬，同时也觉得开心。那孩子身上**到底**有什么魔力呢？是啊，他首先是个优等生，还是一个很好的运动员——不是伟大的，不是人们所谓的天才运动员，不过对于多塞特在未来也许会派上场的橄榄球校队来说已经足够好了（如果他还能做个一英里赛跑的好手，不也很好吗？）——现在已经很清楚了，他明年会被选入学生会，而且几乎肯定能当上主席，也就是所有学生组织中的最高职务。不过即使你说出了以上的所有事情，你也只不过是形容了拉里·盖恩斯的一小部分；还有许多别的内容呢。他是**那么好**的一个孩子。校园政治对他来说简直是小菜一碟，别的孩子都喜欢他，愿意给他投票；他几乎对每个人都彬彬有礼、关心周到。他还是——好吧，如果大声说出来也许听上去会觉得可笑，但他确实是校园里最英俊的一个孩子。看着他那张神采奕奕的脸，你会像看一个美丽姑娘般觉得害羞。

在一天里的这个时刻，四方院里到处都是孩子们；他们正跑回宿舍去洗澡。他们中有的人会隔开老远和人打招呼，他们那模糊的喊声、嘲笑声和责骂声会回荡着一直飘进树林。

二号楼二楼是年龄小的孩子们——一年级和二年级的学生——的宿舍。每当德里斯科尔看着那排特别的窗户，总会搅起一股不安的情绪。他的独子鲍比，已经以令人头晕的速度长到了十三岁，如今作为二年级生就住在那里。鲍比超重，牙齿也需要矫正；更糟的是，他似乎喜欢扮演傻子的角色，就是别的孩子会认为很傻很无聊的那种。一年级时玛吉坚持要让他住在家里，也许这是一个错误：他还没有学会该如何表现得体；如何把握好自己；如何与别的孩子相处。

不过，还有很多时间。有许多孩子会经历一个懵懂的年纪。鲍比会成长、改变、发展，同时德里斯科尔知道为他担心是没有必要的。如果把这种担心挂在脸上，问题只会变得更复杂。

再说，这个下午实在太美好了，一年里的这个季节实在太美了，不该浪费在为任何事担心上。他继续往前走，嘴里还留着克内德勒的雪莉酒那股微妙的、烟熏般的滋味，心里还揣着拉里·盖恩斯给他的微笑祝福。此时玛吉一定已经从哈特福德回来了；她会把买回来的东西都摊在客厅里。（“你真的喜欢吗，鲍勃？我真的觉得很便宜，因为我是折扣价买的，我觉得它会很配的……”）她一边说一边在房间里转来转去，一脸购物归来后的幸福表情。她会用一根手指不经意地撩一撩眉头的一丝短发，就是这么一个没有什么意义的小动作，有时会使他涌起一股柔情而觉得嗓子疼。

玛吉身上最出色的一点就是她还是一个姑娘。哦，她很成熟，也有责任感，反正她这个年龄的女人身上该有的东西她都有，但她还保持着那份羞涩的、清爽的、青春的感觉。即使他们已经结婚了那么多年，他依然把她看成为一个姑娘，尤其是当他们在床上的时候。不仅仅是因为他感觉她和以前一样身材苗条、皮肤紧致；还因为她那小小的肩膀、狭窄的后背和瘦削的四肢看上去几乎就像个姑娘，甚至像个少女，于是当她转身让他搂住她时——尤其是在她慢慢转过身来，噘着小嘴，漂亮的脸蛋上露出了魅惑的欲望——总会有一种甜蜜的惊喜随之而来，在她献上一对成熟丰满的乳房的时候，接着是一片令每一位成熟女性都为之骄傲的肥美的密林，一直延伸至她的大腿根。成熟的性感从天真烂漫中升腾而出——那就是他在很久以前愚蠢地用炭笔反复尝试想要捕捉的气质；他在做新郎的时候，心里装满了这样的希望，希望能有一个最终的权威、一个裁判官、一个上帝，那样他就能走上前去问他："你是说这个绝妙的美人**归我**了吗？你是说我可以**拥有**这样一个美人吗？"

现在还只是下午五点。他将会回家去对她买下的一切表示赞许，在她说话的时候他会微笑点头，他会为他们倒上一杯酒；接着，他会久久地、狠狠地看着她，然后走过去亲她的嘴。她今天穿了件蓝色的针织裙，所以他知道在他抚摸她的后背时这种特别的面料会使他的手感多么柔滑；那感觉就像性爱本身。也许她会笑着躲开他，但他知道她喜欢在下午干那事——他们在很久前就达成了这样一种共识，下午甚至比晚上感觉还好——他会把她拉上楼去，和她做爱。

他会在那里一次次地拥有她，窗外的大树会摇曳着新叶，发出婆娑的声音，她会不停地喊“哦，鲍勃；哦，鲍勃……”，天空会从蓝到红再到黑，他们会错过晚饭时间，但他们俩都不在乎。

鲍比四仰八叉地躺在客厅沙发上，吃着棉花糖。这就是他走进房间后头一眼看见的景象，他说道：“怎么回事？你为什么不待在宿舍里？”

“哇，天哪，老爸，我只是……”

“别对我说什么‘哇，天哪，老爸’，”德里斯科尔说。他被自己的严厉口吻吓住了，但他停不下来。“如果你想要融入二年级的集体里去，你就必须待在二年级的集体里。你必须……”

“鲍勃！”

直到那时他才注意到玛吉也在房间里。她站在一张堆满了百货商店里的包装盒的椅子前，脸上突然露出生气的神情。“我不要看到你朝着他吼，”她说。

“我没有吼；我只是说他应该待在宿舍里，他和我一样清楚这点，你也是。他不该再住在这里的，玛吉。”

她没有提高嗓门——她几乎从来不会提高嗓门——说道：“请你冷静下来好吗？你能克制一点吗？他回来是因为我叫他回来的，为了让他试试我在镇上买来的几条牛仔裤和几件衬衫。所以呢，你不觉得自己很傻吗？”

他觉得；他当然觉得很傻，而且也没有办法一笑了之。但他也没有准备好要道歉，所以他只能说：“好吧，好吧。”过了会儿，他问道：“有信件吗？”

“没多少。都在台子上。”

只有账单和一本杂志，不过翻一翻它们至少让他有点事可干。

有时候，德里斯科尔会像其他人一样看他的儿子，努力使自己相信其实鲍比并不是真正的胖子，牙齿和牙箍也没有真正破坏他的嘴型，他的脸上有智慧、幽默和勇敢的迹象，但现在不是那样的时刻。鲍比笨重地趴在沙发上，一动不动。他的眼神处于放空状态，气鼓鼓的嘴唇上沾着一层薄薄的糖霜。

德里斯科尔转过身去，不好意思地看着他老婆。“你——今天是一个人开车去的吗？”他问道。“还是和艾丽丝一起去的呢？”

“和艾丽丝一起去的。我们在德雷克吃的午饭。”她在叠着纸袋子，把纸盒子弄平，她的声音虽然听上去有些疲惫，但似乎已经不生他的气了。她从来不会长时间生气；事实上，她还是一个姑娘，生气从来都不符合她的身份。“我买了跟你说过的沙发套，”她说着。“还有几条裙子——有一条我想退回去。哦，我也为你看了看雨衣，不过实在是太贵了。”

“没关系，”他安抚她。“我的雨衣又没坏。”

所以，局面终于变成像他计划好的回家场面一样好。当她把商店包装盒拿出去时，他跟着她走到厨房里，注意到她蓝裙子上每一条变化的曲线，尽力保持着良好的情绪。“我觉得有点想来一杯马提尼，”他说。“你要吗？我们还有杜松子酒吗？”

“应该没有了。”

柜子里没有一点酒了，除了暗绿色的瓶子里还剩下的一点点已经干掉了的苦艾酒。“哦，”他说，“好吧，没关系。”他走到冰箱那儿找啤酒，但啤酒也没有了。

过了会儿，他走到厨房台面上的滴水板旁，然后跳了上去，一只脚荡在那里。“你知道，”他说，“我真的很喜欢你的这条裙子。我一直很喜欢。”

“哦？”她没有抬头看他的眼睛，而是低头看着裙子。“呃，”她说，“它已经和上帝一样陈旧了。”

在他们回到客厅时，鲍比已经从沙发上下来了；他远远地站在墙角，保持着距离，玩着一只守场员的手套。他反复把拳头打进手套中的接球凹陷处，然后两腿分开站立，沿着左肩往前眯着眼，手套和假想的球贴近胸口，模仿得很像一个真正的投球手，在盯着首垒上的某个人。在他九岁、十岁和十一岁的时候，他会一连几小时玩这个游戏，沉迷在幻想中，有时还能听见他在低声地自言自语。

不过如今他似乎对此很快就会厌倦。他把手套放回楼梯下的柜子里，玛吉把他的许多东西都放在这张柜子里，然后走过地毯向她走来。“嘿，妈，”他说。“我可以在这儿洗个澡吗？”

这句话激怒了德里斯科尔。几天后，甚至几小时后，他就能够认识到这个问题有多天真，但在此时此刻世界上没有一种力量可以遏制住他的怒火。

“不，”他说。“不，这不行。你去收拾好你的东西，马上去，然后就回你的宿舍里去，和别的孩子一起洗澡。如果你觉得不好意思在别的孩子面前脱光衣服的话，这实在没有一点叫人奇怪的，而且也很令人遗憾，不过也许这是下次你想整天躺着大吃**棉花糖**时该好好考虑的一个问题。”

鲍比的眼睛似乎模糊了起来。他就站在那儿，承受着父亲的责备；而玛吉，在壁炉那儿，这次看上去没有生气。其实更糟：她看上去很伤心——目瞪口呆地，等待着痛苦爆发——此时的她看上去比她的实际年龄要苍老。

德里斯科尔坐下来，摘掉了眼镜，用手指慢慢地狠狠地揉了揉眼睛。过了会儿，他说："对不起，玛吉。"可她一言不发。

鲍比手臂上挂着叠好的崭新的牛仔裤和衬衫，走到前门那里。他打开门，德里斯科尔温柔地喊道："鲍比？"

那孩子转过身来，但他们没有好好地互相看一眼。

"对不起，儿子，"德里斯科尔说。

那天夜里晚些时候，他一只手拿着手电筒一只手拿着块记事板出了门，去做他的例行巡视。德里斯科尔安慰自己说情况还不算最糟。他已经设法和玛吉讲和了——不是以他喜欢的方式，但他现在想来那是一场很不错的谈话。唯一不幸的部分发生在结束时，她说她太累了，不能等他回来了。

"噢？怎么会的？"

"你什么意思，什么'怎么会的'？我**累了**，就是这样。"

到了早晨一切都会好起来的——他肯定会这样的——时间会搞定一切的。

他的夜巡几乎从来没有发现过什么异常的情况：他会沿着四方院按逆时针方向前进，在每一个楼梯平台上都有一个舍监在等着对他说"一切都好，老爹"或"一切都好，先生"。他们中有些人值得信赖，有些人不值得——就比如，他从没对三号楼二楼的麦肯齐感到完全满意过；麦肯齐的脸上有一种不太可靠的神情，让人感觉原本就不该选他当舍监的——不过总体来说，巡视是一段和平满意的时光。

今晚也是如此：所有的宿舍都绝对平安无事，他发现自己在四号楼拱门旁站了很长时间，摆弄着他的手电筒，考虑着如何好好地打发睡觉前的一两个小时。

四号楼只有一半用于宿舍——学校里还没有足够多的新生来把它填满——不过现在另一半地方被用做厨房帮手们的住房，自从汽油短缺使他们无法当天从哈特福德来回起。他们共有六到八个人，穿着污迹斑斑的白棉衫，看上去憔悴孤独。早晨，别人还没起床他们就已经在干活了，不过你能看到他们在黄昏时走回家，孤零零地，疲惫地迈着慢吞吞的步子，手里拿着自己卷的布尔·达勒姆香烟。德里斯科尔起初对这个四号楼的布局有点不安——孩子们确实会把住在那样一个地方的生活给浪漫化——而这种不安的情绪也一定很普遍，因为这个营地用沉重的木板墙和锁具与学校里的其余部分隔绝了，不过没有必要为此担心的。孩子们表现得就像厨房帮工根本不存在似的，而厨房帮工从来只关心他们自己。有时候德里斯科尔会琢磨他们是怎么看这个地方的，在他们穿着短裤蜷着身子坐在楼上的床铺上看向外面的四方院，用纸袋里的瓶装廉价老酒让自己入眠的时候。

好吧，这世界就是滑稽；从来没人说它不滑稽。现在，他又走了起来，开始觉得有了一丝因期待而来的兴奋感，因为他想到现在去德雷伯家喝一杯还不算太晚。

白天里，四号楼后面的那块沙地是校园里唯一一个单调的地方。疯老婆子胡珀原本计划把学校造得像现在的两倍那么大，第二个四方院的设施就计划要造在这里的，部分地基已经铺好。那些未完成的部分，就像一条低矮、漫长的古代废墟；它们破坏了你的对称感；

它们破坏了去医务室的路上的景观，或者是去科技楼和去德雷伯家的路上。在晚上，如果你不小心，可能就会撞在一堆乱石上。

远处，德雷伯家的厨房窗子上闪着灯光——很好，他们还没睡——德里斯科尔想了一会明天他准备在学校里教些什么。“哦，就是‘汤米这个’和‘汤米那个’，[1]”他一边走一边用低沉的声音背诵着，“还有‘汤米，待在外面’，不过，等到运兵舰在涨潮时起航，就会有‘一列阿特金斯的专列’……”今年他带领五年级学生阅读了许多英国诗人的作品，首先从多恩开始；整个秋冬季节他们都在乏味的诗歌中昏昏度过，这些诗歌要读出来都得费老大的劲，更别说理解了，不过现在已是春天；他们早已进入十九世纪，明天他就会给他们介绍吉卜林。“然后就是‘汤米这个’和‘汤米那个’，还有‘汤米，你的灵魂怎么了’。不过，等到战鼓声隆隆响起，就会有‘一条英雄们组成的细红线’。”

他知道他们会喜欢这诗的。哦，为他们的心灵祝福，他知道他们会喜欢的，他也知道他们会喜欢他的高声朗诵。而且，这首诗对现在的他们还不止一点点合适：他们自己的兵舰很快也将起航；隆隆的战鼓将为他们敲响。

杰克·德雷伯一个人坐在厨房里一张鲜艳的桌子前。德里斯科尔按下门铃时透过厨房的玻璃门看见了他；然后他看见他抬起头来，微微一笑，接着就像做慢动作一般站起来往前走。“哈罗，鲍勃，”他说。“欢迎你大驾光临。请进。”

“我知道现在很晚了，”德里斯科尔说。“我只是顺便过来看看，

1 这里及下面的诗句全部出自吉卜林的诗歌《汤米》。

要是你还没睡的话。艾丽丝上床了吗？”

“不，她——出去了，”德雷伯说。“拉一张凳子过来。这儿，我给你倒一杯酒。”

当德里斯科尔从放在他面前的高脚杯里呷了一小口威士忌，他已经很清楚德雷伯一定已经在这儿喝了一段时间了。他并没有真的喝醉，不过他已经喝到了那种说起话来滔滔不绝的程度，不论多么疯癫的想法，只要进入了他的大脑，他都能脱口而出。

“……不，但是说真的，”他说。“说真的，鲍勃，你从来没有想到过吗，在我们体内蕴藏着一股多么强大而且纯粹的性能量？尤其是在晚上的这个时候。你想象一下，如果宿舍的大石墙坍下来我们会看见什么：一百二十五个孩子都在手淫。”

德里斯科尔笑了起来——真是滑稽——不过当德雷伯的声音再次响起，准备开始讲第二个笑话时，他朝着厨房那头阴暗的门厅瞥了一眼，然后又迅速转过头来，把食指放在嘴唇上，说声“嘘——嘘”。

米莉森特·德雷伯进来了，她七岁大，用手罩住眼睛遮挡光线。她那头浓密棕黄的头发因为刚从床上爬起来而乱蓬蓬的；她穿着一条看上去像崭新的棉睡袍，手里拿着一只很旧的玩具动物，看起来不是一条狗就是一头熊。

杰克的脸色和声音似乎一下子都清醒起来。“哦，”他说，“哈啰，小宝贝。”

“爹地？妈咪说如果我们醒了可以每人吃一块饼干。”

“好吧，那么，你去拿一块好了。你能拿到吗？”

“能。”

“杰夫也醒了吗？”

“醒了。”

“那么你就拿两块好了。我们是不是在这儿说得太响了？”

“没关系，”她说，“反正我们都会醒的。”

德雷伯看着她走进了厨房。接着他说：“哇。这条睡袍真的很好看嘛。是妈咪今天在哈特福德买的吗？和德里斯科尔太太一起去买的？”

“是的。还有一条粉红的和一条蓝色的。”

等她要回到房间里去的时候，他从桌子前微微转身，说道：“来抱一个好吗？”

她给了他一个熊抱，两条手臂都伸出来勾住他的脖子，两只手都翻转来抓着玩具和饼干。看着杰克·德雷伯残疾的手搂住她的背，德里斯科尔的眼睛和喉咙突然涌起一股甜蜜的痛楚。他希望自己也有个女儿。

她走掉了，德雷伯坐在那儿盯着他的酒看了会儿；然后他抬起头看见德里斯科尔的杯子空了。“再倒一杯吧，鲍勃，”他说。“等一下，我去给你拿点冰块。”他吃力地想要站起来。

“不用了，真的，”德里斯科尔说，“我该回家了。”

“好好坐着。”

“好吧，行，再来一杯。不过，老天爷啊，还是我去拿冰吧，杰克。”

“**好好**坐着，我说了。”他的声音听上去像是在发火。他走到冰箱那儿，又补了一句：“我还是能做点**什么**的。”德里斯科尔满怀歉意地坐在那儿，听着水池里冰盒的咔嗒声，还有热水浇在上面的嘶嘶声。要掌握如何和一个残疾人打交道可不是一件容易的事。

“我们讲到哪儿了？”德雷伯重新坐回到桌子前问。“哦，是的。性能量。我们体内充满着的性能量。”他长长地喝了口酒。“好吧，老兄，我并没有告诉你什么你不知道的新鲜事，或者没听说过的，或者没猜过的，但事实是我们这儿还藏着一个贼眉鼠目的混账小矮子，他的性能量简直无边无际，我们当然不该公开他的身份，但他的名字就叫法国他妈的拉普拉德。”

“我不懂你的意思，”德里斯科尔说。

“你不懂？为什么不懂？这里**所有人**好像都懂的，就连三年级的孩子们都懂的——你该看看这些小兔崽子们每天都是用怎样的眼神来看我的。行了，德里斯科尔，动动脑子吧。你认为她今晚会他妈的在哪儿呢？你认为她从去年春天开始每晚都他妈的待在哪儿呢？那时我太笨了，还不知道发生了什么该死的事情。”

德里斯科尔被一小股怀疑的潮水淹没了——艾丽丝·**德雷伯**？法国佬**拉普拉德**？——而最糟糕的是他不知道该说什么好。他恐怕自己都脸红了。“哦，杰克，”他最后说道，“我不知道你在经受这种事情。”

此时德雷伯看上去很惨，也许是在后悔自己泄露了这个秘密。“是啊，是的，这确实不是一件令人开心的事，”他说。“有时我想我还是死了的好。”

“你不是这么想的。你知道你不是这个意思。”

在德里斯科尔与德雷伯夫妇初识的时候，他在脑子里偷偷地算了一道小小的数学题，现在他又在算了，只是为了把事情搞清楚。杰克在二十九岁时得了脊髓灰质炎，就是他婚后的第一年。他现在三十八，米莉森特七岁，杰夫五岁，这证明他这毛病没有影响到他的生殖系统。

接着他就面对了一个似乎意义深远的道德问题：他该把这个告诉玛吉吗？他想到也许玛吉早已知道了此事，于是决定守口如瓶——这种事还是秘而不宣比较好。她和艾丽丝在开车去哈特福德的途中就可以详详细细地谈这事，或者在德雷克旅馆吃鸡肉色拉的时候，也许玛吉决定不告诉**他**。好吧，但她为什么要那么做呢？

“听着，杰克，”他说着，身体向他那边倾去，如果不是担心德雷伯的手臂也许会很瘦的话，他就会紧紧捉住它了。“听着：我对女人的了解并不比你多，但你不能因为这种事而把自己给毁了。你一定要照顾好自己，现在这才是最重要的。你一定要照顾好自己。”

“谢谢你，老朋友，”德雷伯用平板的声音说，“可你误会了。这么多年来，我一直很小心地照顾着我自己。我们残疾人都这样。”

食堂里只有一半的地方摆着饭桌；另一半，在食堂的另一头，是作为开集体大会使用的。每天午饭碗碟被收走后，桌上的一只小铃铛一摇，教师和学生们就都站起来，胀着肚子往一排排的折叠式钢椅那里挪动，椅子正对着墙壁前面的一个讲台。教师们坐在后面，孩子们从六年级开始依次往前坐，最小的坐最前面。只要克内德勒在校，总是由他来发表当天的讲话——他不在的时候就由另几个老师代替——他喜欢在讲话时搞点小花样出来：他开始会说些无关紧要的小事，把大事情留到最后。在没有什么大事的时候，大部分时候都是如此，他会努力把他最后的发言弄得听上去好像比它实际的意义更重要；有时候，为了改变节奏，他也会在最后来上一段笑料，但他往往会事先就偷偷地笑一笑，从而破坏了笑话的效果。

四月的一个星期一，他的表演已接近高潮，从他在讲台上的举止来看，大家都知道今天又是极其普通的一天：没有大事发生，没有滑稽的事情，也许就连克内德勒也拿这么平凡的一天无能为力了。

“三个礼拜前，”他说，“我宣布了要举行一场作文比赛，题目是‘战时的美国’，由斯通博士当裁判，获得一等奖的将在《多塞特纪事报》做编辑。这场比赛现在已经有了结果，我这里有获胜者的名单。一等奖获得者是四年级的威廉·格罗夫。”

鼓掌声不是很热烈，但威廉·格罗夫还是很惊讶，他根本没想到会有什么掌声。他弓着背坐在椅子上，坚决不露出微笑，也不朝两边看。他如此专注于自己的表现，以至于没有听见二等奖和三等奖得主的名字，不过他注意到他们都是更高年级的学生。

等他站起来，面向通道，准备和别的学生一起走出食堂时，他发现自己有了一种陌生的新能力，可以从外部看见他自己，就好像透过一个二十尺外的摄像机。他可以观察自己的举止——大衣紧缩着，因为一只手插在口袋里，背脊微微伸展，下巴翘起——那台摄像机一直跟着他，穿过食堂，来到室外的阳光里。

他知道应该快点回宿舍去，因为今天是社区服务日，而不是运动日；他整个下午都将穿着工作服，和三四个孩子一起坐在一辆小货车里到处转悠，在一个快快不乐的学校雇工的指导下清理绿化、搬运垃圾，此时那辆货车一定已经在等他们了。但他还是慢吞吞的，为了那架幽灵似的摄像机他必须笃悠悠地走回三号楼去，接下来发生在那里的事也像是电影里的一幕。拉里·盖恩斯在楼梯上赶到了他的前面，然后又回过头来，给了他一个终身难忘的微笑，说道：“干得漂亮，吉卜赛人。”

第三章

《多塞特纪事报》在所有课外活动中属于不太有人气的一种。成为它的编辑也许能在你的学业记录簿和学校年鉴上添上光辉的一页，但与你付出的辛劳相比这似乎很不值得。

主编通常是由一名六年级学生担任，但他往往会有多项其他荣誉在身，因此将大部分的责任交给他的执行总编。当约翰·哈斯克尔那样的人——他是个严厉的监工，喜欢责罚别人——担任执行总编时，离报社远点就成为明显的常识。报社一直人手不够——哈斯克尔有时抱怨报纸上的每个字都是他自己写的——但它总能做到每隔两周准时出版，印刷数量为一千份或更多。

克内德勒称之为“我们最佳的公关工具之一”，你懂他的意思。《纪事报》上写的和编的没有多少值得你崇拜的，但它看上去很漂亮：每期四页或六页或八页，光滑的纸张，高质量的印刷，每页四个栏目，大量使用图片。随便谁把它拿起来看一眼都会知道他们在它上面花了很多钱。只在极偶然的情况下，才会在广告版上出现“友人祝福”或“请购买战争债券”之类的信息；大部分的广告都是展示哈特福德、波士顿和纽约的一些声誉良好的商家的商品，他们一定认为多塞特是一所“真正的”学校，可以保证他们有生意可做。这份报纸的外观给人以财务稳健的感觉——而那，对一所陷入财政危机的学校来说，确实意味着良好的公共关系。

在稿件截止的下午，通常是在紧要关头，约翰·哈斯克尔会把杂乱的稿件和图片收拾好，将它们寄往位于梅里登的一家商务印刷所；几天后就会有一个大包裹寄回到学校里，里面是刚排好字的影印版，然后就到了把一切组合起来的时候。

印刷术是胡珀夫人的小兴趣之一，于是学校里就有了一间装备精良、门面漂亮的印刷所。那儿的负责人是一个白皮肤的、脾气古怪的人，叫做戈尔德先生，很可能是多塞特的工资单上唯一一个共产党人，在他做着他总是称之为“工作”的事情的时候，总是竭力让孩子们保持安静，不然他非被他们逼疯不可。他的大部分时间都花在准备学校的豪华简介和时髦的宣传小手册上（在戈尔德先生的记忆里，克内德勒比其他三任校长订购的手册都多），每年春天都会有额外的工作，要做年鉴和开学典礼的节目单；不过，全年里每隔两周，印刷所的所有任务都必须雷打不动地为《纪事报》让路。

哈斯克尔认为执行总编的职责之一就是报纸付印时必须在场。他会拖着一长条一长条的校样在印刷所里昂首阔步，时而停下来看看站在那里的孩子们，他们在排字表上操作书页稿样，或者为了做更大的标题而进行手工排字。他们中只有一两个是《纪事报》的成员；其他人，大部分都更年轻，是因为社区服务的任务而来这里帮忙的孩子。他们说的话里面满是印刷业的专门术语——“排字盘”、“版楔”、“嵌条”、“填料”、“梳理”——好像他们都想拼命证明自己是熟练的印刷工，而不是学校里来的学生。

“嘿，我需要更多的填料，”有天下午他们中有个人这么说。

“需要更多的什么？”哈斯克尔问道。

“填料。”

“那是什么东西？”

那孩子全然没意识到哈斯克尔是在捉弄他，还耐心地向他解释“填料”是什么，就好像他是印刷所里新来的学徒，而哈斯克尔则一脸正经地点头听着。之后，哈斯克尔诡秘地朝戈尔德先生眨了眨眼，他已经全部都听见了，戈尔德先生忍住笑意，随即又埋头去做他的工作了。

戈尔德先生在原则上鄙视所有多塞特的孩子——有钱、被宠坏了的小傻瓜——但他不得不承认这个特别的家伙，这个哈斯克尔，是一个有趣的孩子。他是个聪明的孩子，小小年纪就已经博览群书；去年秋天的一天他们俩在下班后还在印刷所里逗留了半个小时，谈论政治，哈斯克尔展示了对马克思主义理论的令人惊异的熟悉程度。不过，当戈尔德先生在那天晚上想要把这件事告诉他老婆时，在联合村他们家的厨房里，她不想听。“‘有趣’？”她重复说。“你在告诉我一个十五岁的**预科学校**学生既‘有趣’又‘复杂’吗？得了吧。我觉得你是傻劲又犯了，西德尼。”他猜她是对的；他也许是上当了。此外，哈斯克尔身上也有丑陋的地方：傲慢的态度，说话和走路时夸张的腔调。

如果说哈斯克尔在印刷所里的行为都算夸张，那他在《纪事报》办公室里就更嚣张了。他在办公室里能待多久就待多久，远比实际需要的要久。

“你注意到了吗？”有天晚上他问休·布里特，为了加强效果还在地板上来回走。“你注意到我已经为他写了最近四期的社论了吗？**还要**给编辑们分工。**还要**编辑每一期，更别提大部分的文章都是我写的。他就坐在那儿往他的曲棍球棒上缠胶布，或是往他的棒球手套里擦牛蹄油，还说他很忙。很忙。得了，该结束了，就是这样。该结束了。”

“为什么你不和他讲个清楚呢，约翰？”休·布里特说。“告诉他如果让你做主编的工作，就该让你当主编。”

哈斯克尔没有料到这么明确的建议。过了会儿，他边踱步边微微一笑，说道：“啊，是的，休伊；要是这么简单就好了。”

办公室在四号楼的楼上，离厨房帮工的住所很远，在哈斯克尔力所能及的范围内，他把它布置得看上去很像一间真正的报社。有两张满是纸头的打字桌，一个电炉，一个咖啡壶，几只有缺口的马克杯。哈斯克尔喝的咖啡比他实际需要的多，尤其是在稿件截止期；在锁上门开好窗之后，他和布里特也常常在这儿抽烟。

哈斯克尔在窗台边弓着脊梁盯着窗外，他那张其貌不扬的脸上露出那种麻烦不断的神情。“最大的麻烦是，”他说，“我们现在还不得不对付**格罗夫**。”

“我不懂你为什么要说‘对付’，约翰。”

“因为他会缠死我们的，那就是为什么。我们要对付他那张滑稽的脸和他的脏衣服，还有他那要命的指甲，只为了**控制**住他我们就得花上全部时间。他会一下午都呆在这里，这里看看那里瞧瞧。”

“你言过其实了，”布里特说着，在椅子上不舒服地动来动去。哈斯克尔是他最好的朋友，但有时他也很烦人。今晚，哈斯克尔在自习后把他带来这里显然没别的目的，只为了演演戏。还有一件事：布里特希望哈斯克尔别再叫他“休伊”了。

“要我上点咖啡吗？”哈斯克尔问。

“不，谢了；我想要回去。”

“为什么？时间还早着呢。”

“我想要回去，就这样。”布里特站了起来。“约翰，”他说。“你是和我一起回去还是留在这儿？”

“我的天，”哈斯克尔说，“我们今天晚上怎么这么匆忙。”

他们在回三号楼的路上没有说话，那不是一种友好的沉默。布里特的鞋跟在石板路上发出刺耳的声音，大肩膀方方正正、纹丝不动，疑惑自己怎么会去崇拜一个说“我的天，我们今天晚上怎么这么匆忙”这种话的家伙。

他们刚走上二楼就知道发生了什么事情，他们能感觉到那不是好事。走道两边都出奇地安静。一群群的孩子们站着，或近或远，他们的嘴巴微微张开，都盯着亨利·韦佛的关着的寝室门。通常，没人会对亨利·韦佛多加留意；要忘记他的存在并不难。他是个高大、强壮、温和的孩子，一个很棒的足球运动员，一个没有朋友但讨人喜爱、喜欢欢笑的家伙。

“韦佛在房间里和一个小孩子在一起，”有人说，“二号楼来的小孩子。”

接着，皮特·吉鲁手里拿着一块肥皂走上来，在韦佛的房门上写下“**同性恋**”这几个大字。宿舍门全都是黑木的，上面的纹路又细又深；要把这些字母从凹槽里去除干净是不可能办到的。等到明年别人搬到这里来住时，就会看见一个清晰的鬼魂在那儿等着他了；

它将永远都在那儿，除非工人们来把门给换掉。

“快出来，韦佛，”皮特·吉鲁像电影里的警察一般喊道，“要不我们就要进去抓你啰。”另一个孩子蹲伏着，用一把折刀拨弄着门上的木插销。

门突然微微开了条缝，只开了一小会儿，刚好够让那个小孩跑到外面的走廊上来。他穿着皱巴巴的晚餐校服，站在那儿眨巴眼睛，装作对发生的一切一无所知。他大概十二三岁。哈斯克尔因为在《纪事报》工作的缘故知道学校里每个人的姓名和长相，认出他是一年级的德怀特·里弗斯。

“行了，”吉鲁对他说，“快给我滚吧，小混蛋。快滚。”

接着他们就集中力量去“抓”亨利·韦佛，不过他们对抓住他后该做些什么并没有明确的计划。折刀无法撬开插销，因为韦佛的手紧紧抓住了它，于是他们重新考虑起别的计策。有人从淋浴房里出来，拿着个注满水的避孕套，把这个鼓鼓囊囊、摇摇晃晃的东西从气窗扔进了韦佛的房间，它掉在地上，啪的一声溅出水来。很快，人群中传出一支歌，开始很轻，但渐渐地响了起来：“同-性-恋；同-性-恋；同-性-恋……”

韦佛显然是想和他们比耐力，想坚持到熄灯，到时候他们就会自动退去，要不是史蒂夫·麦肯齐懒洋洋地走进走廊，他也许就成功了。麦肯齐问：“这里他妈的怎么啦？”等他听到了这个消息，就走到韦佛的门口，贴在门上说：“韦佛？我想你知道如果我把这事汇报了，那学校明天就会开除你。所以听着，我要你现在就出来。”

韦佛出来了。他看上去一团糟，但更惨的是他居然还在微笑。

皮特·吉鲁一只手抓住他的领子后面，另一只手抓住他的屁股口袋；他们扭住他的手臂把他押入淋浴房，让他穿着全套衣服站在冷水龙头下，然后按住他用冷水冲了许久。他在冷水下依旧微笑，在回房间的一路上也如此，然后就关上门，拴好插销。

“宿舍里又一个嬉闹之夜就这么结束了，”哈斯克尔对布里特说，但他没在听。

一月里，三号楼二楼新来了两个男孩。到现在他们是两个怎样的人已经很清楚了。他们中一个是吉姆·波莫罗伊，一个矮小、整洁、爱运动的孩子，所以大家伙一开始就认定他会成为特里·弗林的密友。波莫罗伊读四年级，与他的年龄相符，不过除了这个他和弗林似乎在所有方面也都有共同点。他们甚至在长相上都颇为相似，只除了弗林是金发，而波莫罗伊是黑发。波莫罗伊也是个肌肉发达的小子。在春日的午后，他们会沿着一号楼前的大草坪慢跑，直到黄昏，优雅而专业地把一只足球传来传去，两个快活的爱尔兰裔美国男孩，在无忧无虑地尽情嬉戏。大家很快就看出波莫罗伊也是个“复杂的”小伙子——他对姑娘的事了解得很多，讲起来头头是道，也不像是在吹牛。听他说了一会，也许会让某些听众觉得羡慕又尴尬，只得默默地退避三舍，但其他人却听得津津有味，尤其是史蒂夫·麦肯齐：没有比谈论姑娘更让麦肯齐喜欢的了。几乎每个夜晚，在熄灯后，在德里斯科尔巡视结束后，他和另外几个人都会溜进波莫罗伊或弗林的房间，他们的窃窃私语和猥亵的笑声会久久地回荡在走廊里，几小时不停息。

另外那个新来的是一个高高瘦瘦的小伙子，长着一张俊得要命的脸，气色不太好，还有一个不幸的名字叫皮埃尔·凡·卢恩。初来乍到，他就犯下了话太多的错误，而进一步的错误就是说的都是无聊的事情：他会不厌其烦地详细讲述《奇异的科幻小说》杂志上的宇宙飞船的故事，或者是他父亲在一战时担任炮兵队长的冒险经历。还有些时候你会发现他在厕所间里，裤子掉在脚踝处，在自己释放出的臭味里长长久久地坐着，完全沉迷在一本连环画中。

皮埃尔·凡·卢恩开始有段时间想跟着里尔和詹宁斯混，结果他们都对他不耐烦了，然后他又转战到不太受欢迎的人群；他甚至想试试亨利·韦佛，只不过韦佛的那个屈辱之夜他也在场。最终，他选择了格罗夫。

“我比以前做得好点了，你不觉得吗？”一天下午他在格罗夫的房间里说。“我是说我还是会做傻事什么的，但我做得不像刚来这里时那么傻了。”

“是嘛，”格罗夫友善地说，“这需要一点时间。”

“比如说，我告诉过你我和德雷伯先生初识的事吗？我刚到这里一个礼拜左右，我也不学化学，你明白吗，就是因为这个。如果我学化学，那我早就认识他了。总之，那天他从那个地方，你们叫什么来着，四方院，向我走过来，他还朝我微笑——就是因为这个；如果他没有朝我笑，我就不会那么说了——于是我回了他一个微笑，说道：‘怎么啦，先生，您的鞋子里面进石子了吗？’”

“哦。那他怎么说呢？”

“哦，他没有介意我的话；他只是说：‘不是，我有骨髓灰质炎。’接着，当然啰，我花了半个小时向他道歉，而他一直说没关系，不过那总归不好。哇。老天爷。”

“行了，这种事难免的。”

“你在看什么呢，格罗夫？是英语还是历史呀？”

“只是《纪事报》的一些材料。”

“哦，是吗？你为了那个真的是花费了大力气，是吧。你知道吗？我也想做那个呢。”

“好啊，可你必须等到明年这个时候；然后你就可以和报社签约了。”

“我知道。你看，我不想弄那些严肃的东西，可我能弄滑稽的东西。你要去哪里吗？”

“只是去把这个交给哈斯克尔。”

“我可以一起去吗？”

“呃，”格罗夫说，“我必须和哈斯克尔谈谈这个，你知道的。”趁凡·卢恩还没能说什么，他赶忙走出门去。即使像威廉·格罗夫这样一个长期的失败者，也会对某些人无法忍受。

《纪事报》办公室的门锁着；他必须先敲门报出自己的名字，然后才能获准进去，因为哈斯克尔和布里特在里面抽烟。

“好呀，威廉·格罗夫，”哈斯克尔说。“你这次给我们带什么来啦？”他拿着格罗夫的手稿草草地看了一眼，随即把它们扔在了台子上；然后就继续在地板上踱步。他把西服当披风穿，空空的袖管摇荡着。“坐呀，格罗夫，”他说。“今天，我们要庆祝一下。从某种角度说，今天是悲伤的一天，但其在本质上是一个勇敢的开始。我们的领导让路了。”

“噢？”格罗夫说。“那意味着现在你是主编了吗？”

“确实是的。不会有什么正式的宣布，当然啰，不过对那些喜欢看老报头的人来说，我们下一期的报头就将刊登这条消息。而我们的这位好朋友休伊，从现在起就是执行总编了。我希望他比我更高兴。”

“呃，那——太好了，”格罗夫说。“恭喜啊。”

“啊，威利。我就知道你总能说出完全应景的话来。抽烟？”

格罗夫一辈子只抽过两次烟，而这两次都使他感觉恶心。“不，谢了，”他说，希望哈斯克尔不会强迫他抽。

“我想要告诉你，格罗夫，”哈斯克尔说，“我们有多喜欢你的故事。它们几乎不用做任何修改。而且，我也很高兴你修剪清洗了指甲。你现在可以算是一个人了。”

“嘿，约翰？”布里特说。“你这种假惺惺的话是从哪儿学来的？这些像是嘴巴里含着一颗话梅说出来的东西。因为我要说这种话听多了实在令人生厌。”

“是员工大会还是什么？”麦拉·斯通在她丈夫正准备出门的时候问。

“不是，”他说，“我只是有点事要去找克内德勒。”

“就连告诉我是什么事都不行吗？”

“呃，我想最好还是别说，亲爱的。是关于一个孩子的事情，而你和他们中很多人都很友好。”

“哦，埃德加，又来了。你和你的那些秘密。你让我这么**疲倦**。”

“你也让我疲倦，麦拉，不过我们还是处得来。”

她一直跟他走到门口。“你五点钟能回来了吗？因为伊迪丝说她五点钟会打电话来。你甚至连女儿都不在乎了吗？”

“我只在乎我自己，”他说，“大家都知道的。”

“你觉得自己很风趣，是吧。得了，你一点都不风趣。你是个遥远的陌生人，你冷漠。你冷漠。”

他走后，她一只手搭在额头上在房间里来来回回走了很长时间。她也许会哭，只不过在她一个人的时候她几乎从来想不起来要哭。

“抱歉就这么来打搅你，呃，奥尔科特，”斯通说。

“没关系。来点雪莉？”

“不，谢谢。”

克内德勒一边把雪莉酒放回到柜子里，一边在脑子里寻思着这么一句话：如果这是钱的问题，埃德加，我们没有理由不达成一个相互满意的……这句话的问题在于它不是真的。斯通是员工中薪水最高的，再要加薪就会要了他的命。然而，他们不能没有他：他是这里唯一一个哈佛毕业生，而且是仅有的两个哲学博士之一。

“是关于一个孩子的事情，”斯通开口说，克内德勒觉得他的呼吸一下子缓和了下来。“是四年级的哈斯克尔。我觉得他也许有点紧张或激动——呃，这种事是很难判断的，但他表露出心烦意乱的迹象。”

“嗯，”克内德勒说，“呃，我记得你上次提到哈斯克尔的时候，还说他是个优秀的孩子。”

“我好像没说过吧，奥尔科特。我想我说的是他有点早熟。他总是喜欢在班级里炫耀自己——他不光说话，他简直就是滔滔不绝——但近来他的滔滔不绝似乎又大大地升级了，有时我听不懂他在说什么。他的作文作业也是这样，一页连着一页。今天下课后我本想和他好好谈谈的，但我就是没法使他集中注意力。”

克内德勒慢慢点头，渐渐地显露出理解他的话。“呃，”他最后说，“我知道约翰在校报上的工作过于繁重了，这使他压力很大。再加上，当然啰，他一直是个精神高度紧张的孩子，总是有点怪怪的；他的家庭环境也是相当奇怪的，诸如此类的问题。总之……”

“怎么个奇怪法?”

“呃，父母亲很早就离婚了；母亲后来又再嫁再离了两次，也可能是三次；她现在和在格拉斯顿伯里这儿开了一家马场的小青年同居。但关键是，有许多孩子都来自问题家庭，埃德加，我肯定你知道的，我们必须在我们的——我们的判断中留有一些余地。”

“我不是要下什么判断，奥尔科特，”斯通说。“我只是说——呃，就比方说我想问一下，学校的医务室是否和哪个精神科医生有联系。”

“哦，我想如果有必要这样的事情是可以安排的，是的，”克内德勒说，但他开始不耐烦起来。毕竟，这是埃德加·斯通来这儿的头一年。新来的老师总是会想象这里满学校都是可怕的墨守成规的老古板；要理解多塞特中学需要一点时间。“无论怎么说，我都很高兴你能过来，埃德加，”他说，“我明天会和他谈一下。”

那天晚饭时，威廉·格罗夫头一回荣幸地和哈斯克尔、布里特坐在一起，而且还加入了他们的谈话。他简直不敢相信。

“……基督教**无法**满足本世纪的需要，”哈斯克尔说，布里特一边叉着青豆煮玉米一边点头同意，格罗夫敏捷地看到了机会。

“我想，这就是我们会有马克思和弗洛伊德的原因，”他说，搞不清这话是不是他从《时代》杂志上看来的。

“确实啊，”哈斯克尔说，“说得太好了，格罗夫。因为即使马克思和弗洛伊德不存在，我们也会把他们创造出来的。而且，我们会……”

哈斯克尔只说了一次“说得太好了，格罗夫”，但他们从食堂出来后还在愉快地交谈，长久不息，格罗夫一直参与其中。他们三个人一起沿着四方院闲逛，直到自修时间，他们有说不完的话，偶尔还会摆摆手臂。此时哈斯克尔丢弃了基督教的话题，转向了流行文化。电影的功能，他解释说，就是帮助人们逃避现实。

“哦，我不知道，”格罗夫说，因为偶尔发表不同意见似乎也很重要。“像《愤怒的葡萄》这样的电影也是吗?”

“那也是逃避现实，你不明白吗？当一切都被干干净净地以戏剧化的模式处理妥当了，你只要一走出电影院就会把一切都忘了。”

“那你想要什么呢，约翰?”休·布里特问。“你想要大家都跑出去做流动工人或俄罗斯革命者什么的吗?”

“我想要人们去**感受**，”哈斯克尔对他说，“我想要人们去体验**人生**。”

第二天一整天，甚至包括下午在卡车上颠簸时，格罗夫在脑子里一遍又一遍地回放这段对话。他说了三句也可能是四句聪明话，本来还可以说得更多，只是在哈斯克尔发表漫长的演讲时，或是在哈斯克尔和布里特斗嘴时，他理智地保持了沉默。也有那么两三次，他没有处理好，说了些蠢话，不过像那样的失误是很容易在今后的晚饭和散步时被纠正过来的。

那天晚上，他正在换晚饭用的校服，布里特来到他这儿问：

"格罗夫？我能进来吗？我把门关上好吗？"

布里特坐在格罗夫的椅子上，像往常一样穿着晚间校服，看上去干净整洁。"听着，"他说，"哈斯克尔完蛋了。我很久以前就感觉到了；也许你也一样。总之，克内德勒今天让他去了他的办公室，他出来以后迫不及待地想要告诉我。或者是我猜他想要告诉我，但我完全听不清也听不懂他的话。他的情绪又激动又紧张。他告诉我他对克内德勒说，'先生，在你继续说下去之前，我想要告诉你我爱这所学校。'我说：'你干吗要说**这个**呢，约翰？你不"爱"这所学校，不是吗？'接着他告诉我说他哭了——他坐在'老酒瓶'前面哭了起来——而他在告诉我这个的时候几乎又要哭出来了。我说：'你干吗要**哭**呢？'而他的回答又全都是听不懂的屁话。得了，如果他病了，就该让他去医院。不管他是病了还是没病，我都已经受够了。所以听着，格罗夫：今晚我们避开他，好吗？我不知道你怎么想，但我已经厌烦做他的心理医生，或者做他的母亲，或者随便什么他妈的他想让我扮演的角色。"

晚饭时他们没能避开他，因为他在他们俩旁边坐了下来，但他在吃饭时始终保持着沉默。这是一个戏剧性的沉默，明显是想得到别人关注的那种沉默。无论他们的眼睛何时向他瞟过去，都看见一张表情枯槁的脸，或者一个凄惨的微笑，所以他们尽量不朝他看。

等到食堂里清场的时候，要摆脱他就很容易了：他们只需走得快一点。他们匆匆走回三号楼，原本想上楼去，但又决定不去，然后又穿过四方院，一直跑到一号楼的前面，还继续往前走。"我只是不想让他赶上我们，"布里特解释说。

在主车道走了一百码后，他们转到了草坪上，坐在树丛下的草地上。从这儿他们能回头看见远处一号楼长长的外立面，在黄昏蓝色的天光下呈现一派紫色，他们又看向拱门里阴暗的门洞。哈斯克尔很快一个人出来了，由于离得远看上去很小，像穿披风一样穿着大衣，开始慢慢地来回溜达。

“他看不见我们的，”布里特说，“我们躲在这里的阴影里，不过他知道我们在这儿的某个地方。你看他。”

他们都看着他。布里特拔了一叶草，放在嘴里咀嚼了一会，接着不必要地鼓足力气把它吐了出来。“他在等我们下去找他，”他说。“那好吧，就让他等吧，让他等。”

“让-保罗？”艾丽丝·德雷伯在那天深夜问。“如果我问你件事，你能保证跟我说实话吗？”

“当然。”

她躺在他的床上，被子甩在老远的地方，撑着一只胳膊肘，因此她那对玲珑的美乳垂到了一侧。拉普拉德起来了，在他的书桌里寻找香烟。

“你还觉得我迷人吗？”

“多傻的问题，”他说。然后他从台子上直起身来，转身微笑地看着她，他的笑想要达到抚慰和调皮的双重效果。“你不至于问这种问题吧，艾丽丝。”他这么说当然是对的：如果他不觉得她迷人，那他去年夏天怎么没能跟她分手呢？

“呃，”她说，“我知道你喜欢跟我性交”——“跟谁谁谁性交”这种说法总是让他很不舒服，他认为那是野蛮的美国习语之一，不过他没有提出抗议——“我只是觉得如果我不再来这儿，你也不会真的在乎的。你可以去找医务室里的护士什么的。”

“医务室里的那两个护士是一对同性恋，”他说，“我以为人人都知道那事呢。”

“哦，你胡说。那个年轻一点的是保罗什么来着的相好，就是那个教美术的老师。我以为人人都知道那事呢。总之，关键是……”

“关键是你想让我对你说我爱你，”他说着，重新向床边走来。“好吧，这不难，我爱你。”至少在此刻，说出这句话确实不难。他看着她修长的大腿，一条腿部分地压在另一条上面，又看着她的膝盖。有些女人的膝盖上髌骨巨大，另一些在膝盖内侧有肥厚的新月形软骨体，但艾丽丝·德雷伯的膝盖堪称完美。它们窄窄的，完全是小巧的头骨构造，根据它们的弯曲程度呈现蓝色或黄色的色调；它们看上去秀色可餐。

此时，他的唇和舌围着她的一只膝盖嚅动着，而另一只则在他的脸颊边羞涩地等待着；接着，他的嘴往上移动，来到她温暖的大腿内侧，现在她的两条腿分得很开，为他而开放。

“……**那**是什么？”她突然僵住了，喊道。

“什么什么？”

“那灯光——墙那边有一条**光线**。”

“哦，只是鲍勃·德里斯科尔和他那个愚蠢的手电筒；你知道他每天晚上都会走过这儿。”

“呃，但它并不只是走过呀；好像是有人在向里面**张望**。”

“别傻了，艾丽丝。没人有透视眼，可以穿过这些窗帘看见我们的。”

“你肯定吗？”

“我当然肯定。拜托你放松一点好吗？”

史蒂夫·麦肯齐独自趴在三号楼二楼的楼梯平台上，手插在屁股口袋里等着。他那张大脸看上去一脸正气；当德里斯科尔的手电光摇摇晃晃地来到楼梯井时，他赶忙迎了上去。

“先生，哈斯克尔不在这儿，”他汇报说。

“噢？”德里斯科尔说。“你知道他会在哪里吗？”

“不知道，先生。我在自修室里见过他，之后就没看见了。”

等德里斯科尔走掉后，麦肯齐因为自己做了件正确的事而感觉愉快。如果是特里·弗林或吉姆·波莫罗伊，或甚至是里尔或詹宁斯，他就会为他们隐瞒了：那几个小子只是喜欢恶作剧，而且总是会在关键时刻掩护他，就像掩护他们自己。但为了一个像哈斯克尔那样的怪物去承担风险又有什么好处呢？

“……你让我盯着他的，奥尔科特，”罗伯特·德里斯科尔在克内德勒的客厅里说，“所以我想你会愿意知道这个的。我到处都找了。”

克内德勒从床上起来，穿着一条看上去便宜得吓人的睡袍和睡衣，揉着脸。“我知道今天不该让他一个人离开我的办公室的，”他说。“我至少该把他带到医务室去的。呃，现在怎么办呢？我们该先给他家打电话还是先给警察打呢？”

“先给警察打，我觉得，”德里斯科尔说。

“不，等一下，鲍勃。他大概只是想回家而已。格拉斯顿伯里离这儿不远。我们去那儿找找，我估计我们会在路上碰到他的。给我五分钟，我去换件衣服。”

然后他们出发了，开克内德勒的车，上了满月下的一条雪白的康涅狄格公路。大片茂密的黑林在前灯两侧迅速后退；路上没有别的车。德里斯科尔默默地坐在车上。他有理由相信在一所真正的学校里是不会发生这种事情的。

“呃，再有个三四英里就到了，”克内德勒手握方向盘说。“这真是件——叫人忧心的事。”

接着，前灯就照到了他——一个矮小的身影沿着公路右侧蹒跚而行，穿着一条好像是短披风的东西，车子靠近时，他转过身来，翘起一只大拇指，做了个想要搭车的动作。

克内德勒把车停下来，打开车顶灯，为了让哈斯克尔看清他们。

“哦，我的天，克内德勒先生，”他说。“德里斯科尔先生。这是——天哪，我——”他的眼睛睁圆了，嘴唇上沾着满是灰尘的、黑不溜秋的唾沫。他已经解掉了硬领子和领带，但衣领上金色的球形小扣在月光下闪亮；附近几英里的任何一位警察都能一眼看出他是多塞特的学生。

“上车，约翰，”克内德勒说，“我们只想把你送回家去。”

“先生，我不要回学校去，坚决不要，坚决不要。”

“我不是指学校，约翰，我指的是你家。也许现在那里对你最好，你说呢?”

“啊。”哈斯克尔倒退三步站在路肩上，盯着他们瞧，然后脑袋微微一甩，表示这一切是多么荒唐。“啊。也就是说，我现在被开除了。”

德里斯科尔叹气说："哦，天。"接着他走出汽车，让车门开着，然后爬上了后座。"得了，哈斯克尔，"他说。"我们别再胡闹了。你坐前面。"

跟他讲道理又花了几分钟时间，不过他还是合作了。他们在电话亭前又一次停了下来，克内德勒给哈斯克尔的母亲打了个电话，刚好记住了她喜欢别人叫她阿特伍德太太，那是她第二或第三任丈夫的姓；然后他们在一个树木环绕的地方找到了这座简朴的白房子。

一个二十八或三十岁的男子迎接了他们，此人英俊得足够当一个浪漫的电影明星，在含糊的自我介绍中他们没听清他的名字，在他把他们引入客厅时，他看上去似乎有点疑惑。"阿特伍德太太马上就下来，"他说，"你们要喝点什么呢？"

"哦，不用了，谢谢，"克内德勒说着，在一张布面椅上坐定。

德里斯科尔选择了一张直靠背椅，好像在证明他随时都准备离开。他用有些惊讶的目光环顾了一下四周：他本以为多塞特的大部分孩子都出身在比这里更为富裕的家庭。

"呃，"那个年轻人对哈斯克尔说。"你好吗，老弟？"他刚说出这句就露出了尴尬的神色，甚至在哈斯克尔给了他一个鄙视的惨笑之前。很显然，这句"你好吗，老弟？"是他对这个奇怪的、难看的孩子——这个十六岁的有知识的孩子，这个只要你的眼睛离开他一小会儿就不知道他会干出什么事来的孩子——的标准式问候。

"就你而言，"哈斯克尔小心翼翼地告诉他，每个字都使足了力气，"我很好。"

小伙子溜达到楼梯脚下，好像那样就能使阿特伍德太太快点下来似的。他不安而优雅地站在那里，大拇指插在威斯顿牌牛仔裤的口袋里，眼睛看着地毯。

等到她终于下来时，德里斯科尔的眼睛一刻不停地盯着她。她不能说是一个大美人——哈斯克尔的许多特征都写在她的脸上因而不能称为美女——但她华贵得简直像他只在照片上看见过的百老汇戏剧里的女主演，她走起路来的姿势简直像是在默默燃烧着。

她先跑到她儿子那儿，对他说他看上去“很可怕”；接着又转身对小伙子说：“埃文，你带约翰到外面的门廊上去好吗，好让我和这些先生们单独谈谈。”

他们俩对此似乎都很不情愿，但还是出去了；显然，她早已习惯了发号施令。

“我们可以开始了吗，克内德勒先生?”她问道。她以一种充分强调她长裙上的褶皱的方式缓缓落座。“你能告诉我在你那所外表特别浪漫的学校里发生什么事情了吗?”

克内德勒清了清喉咙。“呃，约翰近来一直处于一种很大的压力之下，阿特伍德太太，”他开始说，“而且你知道，他一向是个高度紧张的孩子。我不是医生，但我知道有时紧张积累到一定程度会导致危机，到了那种时候我就建议最好去寻求医疗帮助了……”

这场谈话又进行了大概二十分钟左右，德里斯科尔始终一言不发。这是克内德勒的学生；就让他自己处理好了。而且，现在已经快大半夜了，要想帮忙也帮不上了，更何况这是件他不理解的事。他只想快点回家睡觉。

接着，阿特伍德太太被克内德勒说的什么给惹恼了——德里斯科尔甚至连他说了些什么都没有听清——她突然站起来，向壁炉台走去，然后又转身看着他。

“我真服了你了，克内德勒先生，”她说，“你们这些人经营着一所特别有趣的学校。你们在那儿对孩子们**做**了些什么呀？他们互相之间又做了些什么？我给了你们一大笔钱，为了让我的儿子能够上大学，他却带着一副上绞架的表情跑回家来，而你们能做的只是坐在这儿对我的私生活含沙射影。”

“我没有含沙射影的意思，阿特伍德太太，”克内德勒红着脸说，“我当然一点也没有那种意思，我……”

“哦，别扯了，克内德勒。”她抓起一支烟，飞快地点上了；然后她又说了起来，香烟在她的嘴唇上摇摆。“你**拼命**想打听埃文的事。好吧，尽管事实是这不关你的事”——她把香烟从嘴上拿下来——“埃文是这一带最好的马术教练。他和我一起照料着一家很好的驯马场，我想我们的工作要比你们做得仔细得多，也专业得多。”

此时他们都站了起来。“阿特伍德太太，”克内德勒说，“我希望你能理解，我……”

“谢谢你把我儿子送回来，”她说，“除此以外，我就没什么要感谢你的了。根本就没什么好感谢的。”

她为他们打开门廊上的灯，他们看见埃文一个人坐在门廊的一头，哈斯克尔坐在另一头。他们俩都没有站起来说再见。

在驾车返回学校的路上，克内德勒说：“我不知道我们还能做些什么。”

“嗯，”德里斯科尔说。

他们在沉默中又开了几英里，然后克内德勒有一搭没一搭地说起了“价值”问题。

“……你我都知道，家庭结构正在迅速地瓦解，鲍勃，”他说道。“如果这所学校还能继续办下去，我想我们在接下来的几年里会碰到越来越多这样的情况。”

“是啊，”德里斯科尔说；至少又过去了两英里，他再次开口说：“奥尔科特？”

“嗯？”

“你说‘如果这所学校还能继续办下去’是什么意思？”

第四章

多塞特有一条规矩：一年级生必须单独住一间房间；有一个室友是为那些“大”孩子们保留的特权。每年五月，在分配双人房的消息发布后，总会引起许多焦虑的情绪。

“嘿，”一个孩子会害羞地对另一个孩子说。“明年我们一起住好吗？”

“呃，可我已经答应别人了。”

“噢。”

整个一周，四方院里到处充斥着像这样的尴尬对话；这是一段微妙的追求、伤心的感觉和最终退而求其次的时期。

特里·弗林和吉姆·波莫罗伊组成了一个幸福的例外——大家都知道他们是天造地设的一对——还有其他一些合乎逻辑的配对，比如里尔和詹宁斯。

布里特和哈斯克尔也会是自然的一对，但哈斯克尔已经不在了——这使得威廉·格罗夫的内心里充满了疑惑和希望的复杂情绪。他知道自己没有机会和休·布里特这样的人同住；然而，布里特对他的容忍确实在各个方面都开始显露出喜欢他的迹象。他们俩近来待在一起的时间很长，但那只是为了准备《纪事报》八个页面的开学号。

“嘿，格罗夫，”布里特一天下午在报社里说，“我不喜欢你写的标题，‘污点’帕克英勇就义。”

“呃，不管怎么说，他确实是的，”格罗夫说。“重点是，他可以跳伞逃出来的，但他留在飞机里，将它驶离了英国的村庄；所以他们授予他……”

“我知道，我知道，”布里特不耐烦地说，“但这个标题实在太不庄重。这个故事也是——全是耸人听闻的、历险故事杂志上的破烂玩意。太庸俗了。太花哨了。你不明白吗？看好了，把标题弄成像这个样子的：‘詹姆斯·帕克在英国阵亡’。接下来，你的头条新闻就该这样写：‘詹姆斯·H. 帕克，一九三九级校友，上个月在把他摇摇欲坠的飞机驶离了叫什么来着的英国村庄后牺牲了。’句号。‘他被追授了杰出贡献十字章。’句号。

“新的段落：‘帕克是某某空军的某某战斗机指挥部的中尉，在海外服役了若干月。’等等。接着你可以把你的什么‘污点’之类的写在第三或第四段里：‘帕克，多塞特的校友们亲热地叫他为“污点”。’等等。明白了吗？”

“哦，”格罗夫说，“我想是的，是的。好吧，我重新写。”在庸俗和花哨方面，布里特的见解似乎总是对的。

在布里特终于同意了格罗夫写的污点帕克的故事的第二稿后又过了好久，他们在沉默中工作了一个多小时；接着布里特说：“嘿，格罗夫？”

"什么？"

"听着，我一直在想。明年我真的不想再当这个编辑了。花了太多时间，我可不能让我的学习成绩滑下来呀。我不介意来这儿帮忙，但我不想再负责了。你来干怎么样？"

格罗夫大吃一惊。"你是指**主编**吗？"

"哦，行了，不过是一份傻傻的学校小报。你能行的。"

以前从没人对格罗夫表示过相信他的能力。"好吧，"他说，"我想我可以试一试。"

"好的。那我们就这样讲定了。你来做主编，我做执行总编——或者我们可以叫它'副主编'；那样听上去少一点权威。我想这样能行的。我的意思是见鬼，我们肯定也找不到**别人**来做这事。"布里特结束了他这天的工作。他站起来，穿上了多塞特的运动衫，一边走向门口一边把衣服拉拉直。

"嘿，布里特？"格罗夫说。"你找到明年的室友了吗？"

布里特迟疑了一下。"呃，艾德·金博问过我了，"他说。"我想我多数会和他住的。"

"噢。"艾德·金博是个驼背、肥胖的家伙，在数学和化学上有奇才；他和布里特的唯一共同点就是他们都是全 A 学生。

布里特手握着打开的房门的球把手，似乎又把这个问题思考了一遍。"我不知道，格罗夫，"他说。"我知道跟你住也许比较合适；我考虑过的——我们之间有很多共同点——但我无法决定。你身上有那么一点自由散漫的习气。反正，我这么觉得。"

"你什么意思？"

"哦，你知道。不论什么事你都会迟到；你许多课程不及格，可你似乎满不在乎；你是个马虎的人；如果我们住在一起，这种性格可能就会带来麻烦。而且，你还是——呃，今年你已经好多了，这是真的，但去年秋天我认为你是一个——不健康的人，多少有点那种感觉。”

格罗夫觉得嘴巴干涩。“你什么意思，什么叫‘不健康’？”

“哦，得了，格罗夫。你知道的。那天晚上我在场，看见了那帮家伙袭击你，还给你打飞机。”

“他们**没有**给我打飞机！他们甚至都不能让我……”

“这他妈的有什么区别？如果是我，我会宰了他们的。我会宰了那个第一个来碰我的狗兔崽子。”

“怎么宰？有八个家伙按住了你，你怎么宰呢？”

“我不想谈这个，”布里特说，“我只知道你躺在那儿嘻嘻哈哈，还说个不停；你还不如说‘再多干点’。”

“我**没有**。我是想**戏弄**他们一下。你看不出来吗？”

“不，”布里特说。“不，我很抱歉，但我实在看不出来。”他们默默地互相望了一眼，接着又看向地板。最后布里特说：“好了，见鬼，我们忘了它吧。我很抱歉提起这件事。你看，我要回宿舍去了。你去吗？”

“不，我想把这个做完，”格罗夫说。但他其实什么也没做。他所做的只是盯着桌子上的稿件，脑子里不停地转着那个字眼——“不健康”。过了许久，他关上办公室的门，走回三号楼去。

皮埃尔·凡·卢恩不在他的房间里，厕所间里也没人，不过格罗夫在存放行李箱的阴暗的储藏室里找到了他，他一个人在储藏室里无目的地转悠。“嘿，凡·卢恩？”他说。

“什么?”

“明年我们一起住好吗?”

那年夏天，每个多塞特孩子的家长都收到一封 W. 奥尔科特·克内德勒的通知信，信里说明年给孩子穿什么服装可以自由选择。

威廉·格罗夫带着两套新西服回到了学校，蓝色和棕色的，都是他父亲在时代广场上的邦德商店里买的。他以为它们不错，但他注意到几乎没有一个人穿这种衣服；大部分人根本不穿西服，而是穿花呢夹克和灰色的法兰绒裤。事实上，他们的大衣也没有肩衬，裤子也不打褶（他现在想起来以前的校服也是这样的）。看看周围，他发现只有三个孩子跟他穿的一样：艾伯特·坎佐内里，他父亲是手工课老师；洛萨·布伦德斯，他父亲是厨师；还有一个是格斯·杰哈德，他父亲是十二英里外的一所有名的女校——布莱尔女校——的运动场地管理员。

格罗夫受不了坎佐内里，还怕杰哈德——几乎每个人都怕他——不过洛萨·布伦德斯在那年九月接手了《纪事报》的幽默栏，因此有一天，格罗夫有了机会在报社里和他谈论服装的事。

“你说‘无产者’是指什么?”布伦德斯问。“你是个滑稽的小子，格罗夫。我们当然看起来像‘无产者’。我们为什么他妈的不能这样呢？听着。你记得每年的感恩节吗？所有的家长都会赶来参加大屁股的火鸡晚餐。之后老克内德勒就会摇响他的铃铛，发表他那老掉牙的讲话，说我们应该多么多么地感激我们的厨师，然后他就会喊‘到这儿来呀，路易，我们要向你表示感谢’——于是大家鼓掌，这个滑稽的家伙‘路易’从厨房里跳出来，手臂在头上挥舞着，脸上堆满了微笑，穿着一身白衣，戴着高高的厨师帽，脖子上围着餐巾，这个狗娘养的，格罗夫，就是我的父亲。你他妈的会认为我怎么想呢？”

格罗夫自己的父亲之后在那年秋天从纽约来看望他，格罗夫在一号楼的拱门外迎接他，他显得惊人地矮小。

“呃，”在他们穿过四方院时，老格罗夫说，“这里真的是一个令人难忘的地方。”

“是的，呃，这里设计得很好。这叫做‘科茨沃尔德’建筑。”

“那么，你好吗，比尔？没惹什么麻烦吧？”

“还可以吧。”

“你一定是长高了。”

“是的。”

“数学怎么样？我想这次考试你也许通过了吧？”

“我不知道，希望如此。”

“呃，你知道，像数学这种东西，其实主要是一个精神状态的问题。”

“我知道；我知道。”

为了什么他永远也理解不了的缘由，格罗夫发现自己怎么也没办法叫他的父亲“老爸”。他记得自己多年前可以毫不费力地叫他“爹地”，尽管这种叫法比“老爸”更幼稚，可是“老爸”这个叫法却难住了他的舌头。在他偶尔和父亲相见的时候，他尽力回避这个问题，在跟他说话时根本就不叫他任何称呼。

他侧目瞧了一眼，想要评判一下他父亲的穿着。他那黑色的三件套西服一点也没有“无产者”的感觉，尽管它们因为穿得时间长了而显得有点发亮，但这样的穿着无疑是属于中产阶级的。背心上挂着一条金表链，走起路来一晃一晃的。格罗夫很清楚如今大多数人都戴腕表，但他父亲肯定是没有注意到时尚的变迁，或者是不在乎。他戴着一顶灰白的软毡帽来配西装，穿着一双擦得锃亮的黑皮鞋，在石板路上显得又窄又小。

“老天爷啊，”他说，“造这个地方一定是花了一大笔钱。”

“嗯，我想是的。是一个叫胡珀太太的疯老婆子造了这里；她一定是花光了她丈夫的全部积蓄。我想他是做钢铁什么的。”

“‘做钢铁’？你什么意思，什么叫‘做钢铁’？”

“我不知道；我只知道，他非常有钱。我猜她自己也有钱。”

“你为什么说她是个疯老婆子呢？”

“我不知道；我只是听别人这么说的。据说她是个非常古怪的人。”

他们在校园里走够了之后，他父亲已经看到了大部分的建筑，格罗夫带他去了《纪事报》的办公室——这里就是他全部的骄傲——领他参观那里。

“我想你在报纸上做得这么好是一件好事，”他父亲说。他坐在办公室里的一把椅子上，看上去很不舒服。“而且，这是一份有趣的报纸；我读得很愉快。然而，我怀疑你是否在这上面花了太多的时间。”

“是的，呃，因为我喜欢做这个。”

“我知道你喜欢。但这里没有一条规矩说如果你的成绩一直很差就不可以参加课外活动吗？”

“没有，没有这样的规矩。”格罗夫斗胆给了他一个嘲讽的微笑，他意识到这是他从哈斯克尔那里学来的。“这是一所很滑稽的学校，”他说。

“滑稽的学校？”

“嗯，我是指——**你**知道——这里鼓励同学们参加课外活动，不管你学习成绩好坏。这里崇尚个性。”

“我明白了，”他父亲说。“呃，我也崇尚个性，比尔，但我不知道该怎么想好，你数学成绩不合格，化学成绩不合格，法语成绩也不合格。”

这让格罗夫很震惊：他还以为成绩单只寄给他母亲呢，她看到这些分数会认为儿子和她一样具有一个艺术家的气质。

“你为什么认为自己学不好数学呢，比尔？”他父亲问。“你知道吗？世界上一共只有十个数字，是以我们的十根手指为依据的。所有的数学问题都是由此而来的。”

“是的。”

“我认为这主要是个精神状态的问题，你觉得呢？你认为数学很难学，所以它**就**很难学。你认为‘我学不好它’，所以你就学不好它。”

“也许吧，是的，”格罗夫说。那天下午他头一回注意到父亲的眼睛底下有深深的皱纹，脸色苍白，显得很疲劳。

“如果你能够战胜这种状态，比尔，你就能学好这门课。你会吃惊，原来它这么容易。化学也是一样道理，因为它大部分也是数字问题。至于说法语——呃，法语是不同的问题。你那个老师写了一份很长的评语，他叫什么来着，乐格兰德先生吗？”

“拉普拉德。”

“对的。在你最近的一张成绩单上他写了很长的评语。他觉得你有心理问题。”

格罗夫的头低了下去。“精神状态”也许是种可以接受的说法，但任何以“心理”二字开头的词语都叫他害怕。那种词语全部都是描述一种没有希望的黑暗状态的。它们使他想起哈斯克尔。而且最糟糕的是，根据他读过的那么一点可怜的西格蒙德·弗洛伊德，它们的根源都来自性焦虑。

“呃，”他说，“我不同意这个说法。我不认为我有什么心理问题；我觉得法语很难学，仅此而已。我会尽力而为的，就这样。”

很快，他又设法把话题拉回到《纪事报》上。他给了他父亲下一期的清样，刚印出来还热乎乎的，指给他看自己的主要贡献——严肃的社论，关于突击队训练的幽默特写，体育版里的橄榄球赛简报。

“好啊，”他父亲说着，把报纸折起来塞进了内侧的口袋。“这样我在火车上就有东西可读了。”

然后，他们又走回到四方院里，在他们马上就要走到一号楼的时候，在石子步道上碰到了史蒂夫·麦肯齐。格罗夫希望麦肯齐在经过时点一下头即可，可麦肯齐有不同的想法。

“嗨，呃，比尔，”他说。“这是你父亲吗？”接下来的三四分钟，他就站在那儿和格罗夫的父亲聊天，而格罗夫就站在一边将身体的重心在两只脚之间换来换去。最后麦肯齐伸出手来——格罗夫似乎觉得他们至少握了三次手——说道：“好了，我不打搅您了，格罗夫先生。见到您很高兴，先生。”

“他是个好孩子，”格罗夫先生说道，他们继续往前走。“他是你的好朋友吗？”

在校园外，就在一号楼的前面，他们在等出租车。格罗夫在脑子里构思了一句告别的话，下定决心要不带口吃地把它说出来。他甚至轻声地练习了两遍。出租车停下来后，他一把抓住他父亲的手，他希望他握得和麦肯齐一般有力，说道：“谢谢你来看我，老爸。”听上去和他想要达到的效果一样自然。

开学第一天，特里·弗林和吉姆·波莫罗伊开始了不安的同室生活。特里打开一只行李箱，说：“看看我都带了些什么。”他拿出了一套黄色的窗帘布，打褶并带荷叶边的，那是他母亲特别为他们的窗户准备的。

“嗯，它们很——漂亮，特里，”吉姆·波莫罗伊说。

“很简单就能把它们挂起来，”特里向他保证。“我有窗帘杆，还有托架什么的。”这还不是全部：他还有八张镶在镜框里的新英格兰乡村风景照——从春天的野花到秋天的树叶再到冬天的大雪——他母亲认为这能使他们的墙壁显得明亮。他还有一张照片，是他父亲和母亲的结婚照，插在皮革框的照片架里，放在他床铺边上的窗台上。

“是的，嗯，它很——漂亮，”吉姆·波莫罗伊说。但他一整天都在为这些装饰担心，尤其是窗帘，直到他班级里的一个广受欢迎的学生在那天晚上走进来说：“哇，你们两个还真是会安排啊。看上去棒极了。”

别的访客也很快证实了他的这个说法，波莫罗伊终于可以放心了。然而，时不时地，他还是会忍不住希望这些窗帘没有那么多荷叶边，或者希望只有四张照片——最多六张——而不是八张新英格兰的风景照。这是一间很小的房间。他还希望特里·弗林不是一个比他小两年级的学生。

橄榄球赛季把一切矛盾都化解了。他和特里都是鹰队的，大家都说这样对海狸队太不好了，那一年他们简直就是一对无法战胜的组合。因为他们俩都很瘦小（也或许是因为他们都是低年级生），鹰队的教练在任何比赛中都不让他们打满全场，不过只要在他们上场的时候，他们的表现都极为出色。波莫罗伊会退到后面，等待最后一刻的可能性，然后跳起来投出一个完美弧线的长传球，而在远处飞奔的弗林总是知道该在何时转身，跳跃起来，接住空中飞来的球。

格罗夫，为《纪事报》报道体育比赛，很快就发现他掌握的形容词不足以来形容波莫罗伊和弗林，于是随着赛事的进展，他在体育版上的报道显得越来越疲乏无力。但他还是很喜欢这工作。他自己在别的下午也在被人叫做“平庸的”海狸队里荒唐地担任一个蹩脚到几近荒唐的边锋，不过作为一个众所周知的不擅长体育的人，这样的角色似乎反而巩固了他作为体育记者的地位。他沿着边线慢吞吞地往前跑，手里拿着一块记事板和一支啃烂了的铅笔，记录下每场比赛；每当比赛暂停时，他都会蹲下去写，把写字板放在绷紧的大腿上，非常在意有一大群比他小的孩子们正在越过他的肩膀盯着看；等到比赛重新开始时，他会站起来跟着跑，快得几乎就像是个带球手，而小孩子们也跟在他身后奔跑了起来。

他写的报道往往会提及休·布里特的出色的阻截和干扰，他是海狸队一方的中坚力量。即使布里特在一场比赛中没有什么出色的表现，在他文章的结尾处还是会添上一笔他有多么“坚定”。后来有天下午，鹰队和海狸队的队员全都扑在了一起，等到他们恢复过来站起来时，却发现休·布里特还脸朝下地独自躺在草地上。

大块头泰勒吹着口哨跑了过来，他穿着整洁的裁判员制服——黑条纹的衬衫，白色的齐膝短裤，黑色的长袜——看得出肌肉发达。洛根小姐，医务室两个护士中更年轻漂亮的那位，端庄地走到草坪上，双手深深地插在轻便大衣的口袋里。格罗夫等待着，直到另外几个人围在了布里特的周围；然后他哆嗦着把写字板夹在腋窝里向他们跑了过去，希望这看起来就像是记者工作的一部分，但他除了布里特运动衫上的粘满青草的大数字以外什么也看不见。

最后，布里特被抬上了一张担架，人群中响起稀稀拉拉的掌声。担架推进了一辆乳白色的救护车，去往医务室。他的右腿膝盖上面一点的部位骨折了。

在布里特卧床期间，格罗夫发现他生活中的压力缓和了下来。没有人要去崇拜，没有人要去取悦，也没有人叫他害怕。

他去医务室探望过布里特一两次，但他们想不出多少话来说，探望结束后他总是会觉得如释重负。大多数时候，他在校园里溜达时都会感觉到一种崭新的自由感——甚至有时候，他还感觉自己像个大人物。毕竟，学校里只有一份报纸，而他就是主编。学弟们害羞地问他问题，而和他同龄或比他大的同学们则似乎从来也没觉得他有什么可笑的地方。

有天下午，《纪事报》的办公室门上响起一记敲门声，他打开门，看见一个叫沃德的孩子在朝他微笑，虽然笑得有些古怪，但并非不友好。

“编辑先生，”沃德说，“我不知道现在想在编辑部里找一份工作是否已经太迟了。”

“呃，严格说来，是太迟了，”格罗夫对他说，“不过我们总是需要帮手的。我能够给你安排一些任务。进来吧。”

E. 巴克内尔·“巴基”·沃德是那年秋天来的五年级新生，而他作为校园里的一个人物很快就引起了别人的注意。他脸色苍白，表情忧伤，看上去一副营养不良的样子；他有鸡胸；嗓音低沉、嘶哑，像老烟枪一样咳嗽——再加上被尼古丁染黄的手指，咳嗽时他会用手捂住嘴巴，而他的手指也会发抖，他身边的人若是大笑，多半是因为他。

多塞特是不允许抽烟的，除非你年满十七，但也只允许在学长俱乐部里抽。违反那项规定将被处以数小时的所谓苦工——和社区服务没多大区别，只是做了那个还得再做社区服务。此外如同大家彼此之间会严肃提醒的那样，如果一犯再犯，就会被学校除名。但巴基·沃德还是胆大妄为，而且每一次都能灵敏地脱身，因此不久他就获得了“不法之徒”的美名。无论是在班级里还是在大会上，他都会在抑郁的嘴唇上叼一支长度和香烟差不多的铅笔头。

他的童年受过诸多疾病的折磨，至今仍喜欢用嘲讽性的夸张声音背诵那些病名，不过现在他的身体显露出健康的迹象。不管他看上去是不是健康，反正他是比以前强壮了。

格罗夫不喜欢沃德这么快就成为一个出乎意料的受欢迎者——考虑到他自己去年受过的罪，这似乎不公平——但他今天愿意暂时搁置他的评判。而且他必须承认，在他的手指抚摸着工作文件时，他真的不介意沃德叫他“编辑先生”。

“呃，”他说，“我想要个人去报道明天的足球赛。你觉得你行吗？”

“当然，”沃德说，“如果我不行，我就编造。”

“不用写很多；五六百字就够了。哦，我想我们可以在感恩节特刊上插一篇短小的特别报道——你知道的，就是那种傻傻的小玩意。”

“好啊，”沃德说，“我最喜欢傻傻的小玩意。”

只用了一个礼拜，他们就成了亲密的伙伴。他们一起坐在办公室里，或者在石板路上闲荡，或者在树林里无目的地散步，似乎永远也不会厌倦彼此的陪伴。有时格罗夫会陷入沉思，带着一丝不安的情绪，感觉几乎像是陷入了爱河。巴基·沃德会一次又一次地引他发笑，直到他感觉自己像个小姑娘，似乎随时都可能喊道：“哦，你真**笑死**我了！”令他感到宽慰的是，他也时常能引巴基·沃德发笑，甚至好像不费吹灰之力就能办到。

他如此沉醉于这份新来的友谊中，以至于差一点误了截稿时间：有天深夜他和沃德不得不悄悄溜出寝室，在办公室里碰了头，然后将“战时纪律”的遮光板安在窗户上，狂灌咖啡，喝到头昏脑涨，就这样忙着撰稿和编辑，一直干到拂晓。

另一个晚上，他们又溜了出去，不是为了工作，只是为了在办公室里闲荡聊天。沃德处在一种严肃的情绪中，告诉了格罗夫他女友的事。她的芳名是波莉·克拉克，家住在费城郊外的一个村庄里，就在沃德家的隔壁。

“她漂亮吗？”格罗夫问。

“我就知道你会这么问。是的，她恰巧是个美女，可关键是即使她是个长相平平的姑娘我也不会在乎。我想你没有办法理解这点吧。”

“‘没有办法’？见鬼，你什么意思，什么叫‘没有办法’？天哪，沃德。”

“呃，好吧；只是有太多人错把性爱当成是爱情。”

格罗夫必须好好想一想这个。“是的，”他过了一会说道，“是的，我想你说得对。”

波莉·克拉克是个出色的姑娘，沃德解释说。她热心，她温柔，他知道除了她以外自己再也不会碰到一个想娶的姑娘，当然那要等到他们都长大后，尽管他想在战争结束前是不可能考虑结婚的事的。还有别的困难。“我们之间有很深的感情，”他说，“但我对她的感情比她对我的更深。她说她爱我但并没有和我**恋爱**的感觉，我让她说说清楚，可她说她也不知道自己心里是怎么想的。这话真是伤人。你无法想象它有多伤人。”

但格罗夫认为他可以想象；至少这个困境显得是那么的罗曼蒂克，他低下了头，觉得自己的脸上也起了哀伤失意的神色，看上去就像一个充满爱意却得不到同等的爱的人。

“啊，我不知道，”沃德说，“已经如此接近于你生命中想要得到的东西，却又从来没能——从来没能真正地得到它——我想这就是生活的本质吧。”当沃德心情严肃时，他可以显得比任一个有理由严肃的人都更为严肃。

他的眼睛盯着空空的咖啡杯，手指不停地转动着它；此时，在一阵厌恶的冲动中，他把杯子扔到了地上，它在一把椅子底下跳动打滚。他站了起来来回踱步，掏出一包香烟，往嘴里插了一根，一边走一边气呼呼地点上了。

“**这些东西!**”他说。“老天，格罗夫，你曾有过感觉对**某些东西**无法忍受的时候吗？某些物体？那个杯子。这所学校。衣服。车子。这个世界上所有那些该死的、无意义的**东西**。你该看一看我家的房子。哦，它很大很漂亮，花了我父亲他妈的一大笔钱，但我从来也没法使他理解它只不过是又一件**东西**。不过是又一件**东西**而已。你到底能听懂我的话吗？”

“呃，大概吧，”格罗夫说，“我想是的，能听懂。”不过，当沃德继续面目枯槁、表情悲伤地边抽烟边踱步，格罗夫觉得自己还是比较喜欢他开玩笑的时候。

一天晚饭后，克内德勒摇响桌上的铃铛，要大家保持肃静，然后站起来发表讲话。“我知道你们会和我一起，”他说，“向威廉·格罗夫致以我们最深切的同情，他父亲在今天早晨去世了。”

格罗夫那桌的学生们看了下周围才意识到他不在这里——实际上，他这一天都没在校。

也许巴基·沃德是在食堂里想他的唯一一个孩子。他白天就已经注意到了他不在，他整个下午都在想他。随着嫉妒心的飙升，他想到，格罗夫是否会一整天都待在医务室里的休·布里特的病床旁——他甚至考虑过要去医务室探查一番——不过最后还是忍受住了郁闷困惑的孤独。此刻，克内德勒的讲话把一切都澄清了，他的感觉也随之好了起来。

但史蒂夫·麦肯齐却被这个消息震惊了。“哦，老天，”他对吉姆·波莫罗伊说，“那太糟了，真的是太糟了。”

那天晚上，他在自习时一直觉得心里不好受。他忍不住寻思如果他自己的父亲去世了他会有怎样的感受。那是很难想象的：乔克·麦肯齐正处在生命里的鼎盛期，是个喜爱帆船、高尔夫、网球和欢笑的人，只要他愿意他在掰手劲上随时都能赢他儿子，而且他也确实常常赢他。然而，这世上有心脏病、有中风、还有癌症。没人能永远活下去。

乔克·麦肯齐发起火来超级可怕，不过在他情绪温和时他几乎可说是这个世界上最好的伙伴了。史蒂夫知道的每一件有价值的事物，似乎都是从他父亲那儿学来的。为了在他十六岁生日时得到一辆汽车，史蒂夫努力记住了吉卜林的《如果》全诗，后来他凭这个在老爹德里斯科尔的课上取得了这辈子唯一一个“A”；而那首诗里的一些句子，如今他回想起他父亲朗读时的声音，还是足以使他热泪盈眶的。

他迅速抬头看了一眼自修厅的周围，确定没人注意到他就快要哭出来了；然后他又重整精神，俯下身去做他的数学作业了。这个礼拜天，他对自己发誓说，他要回家去和老头子好好地长谈一番。

几天后格罗夫回到了学校里，麦肯齐在四方院里叫住他，对他说：“比尔，对你父亲的死我深表遗憾。”

“是啊，呃——谢谢。”

“他那次来这里的情景就像发生在昨天，”麦肯齐说。“我觉得他是一个真正的——一个非常好的绅士。”

“是啊。呃，谢谢，史蒂夫。”

接着麦肯齐注意到一条精巧的金表链从他的立领纽扣眼上穿入

他那件难看的蓝西服的胸口口袋里；他差一点就要说出："哦，那太好了；你戴着你父亲的表。"但最后还是决定不说。他说得够多了。他用一只拳头在格罗夫的肩膀上轻轻地敲了一记，接着走开了。

"当你说话的时候，史蒂夫，"乔克·麦肯齐曾这么对他说，"不管你是在对谁说或说些什么，重要的是要知道在什么时候打住。除非说出来比不说好，否则千万别开口。"

有时候，一个人一生中的重大转折、重大变革会突然从天而降。从他在纽约的一个记者朋友那里，让-保罗·拉普拉德了解到他或许有资格进入O. S. S.，他渴望能争取到那份工作；困难在于他该如何跟艾丽丝说这件事。

"O. S. S. 的全称是什么呀？"她问他。时间是凌晨一点，他们俩赤身裸体地坐在他公寓里的小沙发上，喝着波旁酒。

"'战略服务办公室'[1]，"他说。"从本质上说它是一个情报部门，非常高级别的，非常机密。部队里没有别的部门像它那样。他们深入敌后去收集情报，然后直接向陆军总参谋长汇报。问题是他们需要一个能说流利法语的军官。我也许能被任命为上尉。"

"哦，听上去多好呀，"她说，"'拉普拉德上尉'。"她的声音里有一丝讥讽引起了他的警惕。

"是的，呃，我关心的不是它听上去有多了不起或什么的。我怀疑这工作也许有危险。空降到敌后，也不知道会发生什么情况，而你……"

1　美国中央情报局（CIA）的前身。

“啊，你真的喜欢说‘敌后’这个字眼，是不是呢，”艾丽丝说。“这让你感觉像是电影里的情节，是不是。拉普拉德上尉在被占领的法国。拉普拉德上尉和法国的地下组织取得了联系。戴着贝雷帽穿着皮夹克背着冲锋枪的得意洋洋身手不凡的游击队员，和你分享葡萄酒面包还有乳酪，而且当然啰，那里也一定要有个姑娘，是不是——让我们假设她是个忍饥挨饿的法国小姑娘，被一个德国占领军的军官强暴了，感觉生不如死——然后日落时分你在一片甜菜地或芜菁地或什么该死的地方遇见了她，那天晚上这姑娘就爬进了你的睡袋，然后，哦，上帝，让-保罗，你让我恶心得想吐了。”

他不知道说什么好，不过此时最重要的似乎是站起来，转过身去套上裤子扣好皮带。他背对着她说道：“呃，艾丽丝，如果你想吐，我想你最好先去卫生间。要不然，我想现在到了你穿上衣服回家去的时候了。”

接着他斗胆望了她一眼。她站在放着酒瓶的桌子前，想给自己倒一杯，但她的手抖得厉害，因为她在哭。她那簇浓黑的、参差不齐的、撅起来的阴毛转过来正对着他。不知道女人们是否注意到，在一个像这样的时刻，她们身上最珍贵、最隐秘的部分会使她们看上去多么脆弱、多么可怜？大概会吧；女人大概什么都能注意到。

“哦，”她说，“哦。”现在除了把她搂在怀里让她的泪水流在他的胸口以外，还能做什么呢。那样似乎使她感觉好受了一点，也使他感觉不错：这完全是他原本就计划好来结束今夜的方式。

“让-保罗？”她抽噎着问。

“嗯？”

“他们会让你接受训练什么的吗？在他们把你空投到敌后

之前?”

办手续没花多少时间，任命状在圣诞节前的学期最后一周来到了。

听到这个消息，奥尔科特·克内德勒几乎无法掩饰自己的愤怒——在一学期的半中间，他该怎么去找、又到哪里去找一个新的法语老师呢？——但他及时地调整了心态，在那天的师生大会上又恢复了得体的礼仪。

“我们的一个老师，也是一个朋友，”他宣布说，“自愿为他的第二祖国做出贡献。让-保罗·拉普拉德先生今天接受了一份委任状，任命他为美国陆军上尉。我本人衷心地祝贺他，我知道大家也会和我一样祝贺他，我知道大家都希望他能一帆风顺。拉普拉德先生？让-保罗？请你站起来一下好吗?”

真是荒唐。拉普拉德不得不从位子上站了起来，倾听一片如潮水般的掌声，与此同时有一百二十五张年轻的粉脸齐刷刷地从椅背上转过来，冲着他微笑。那感觉就像他是路易·布伦德斯，在感恩节那天被校长从厨房间里叫了出来；而最惨最糟糕的是，他的喉咙口立即涌起了一股暖流。我的天，他想，我的天，我要哭出来了。唯一拯救了他的，就是在他倾身向两侧微微转身对同僚们的掌声表示感谢时，瞥到了一眼杰克·德雷伯那双苍白萎缩的手，它们似乎是在跟着别人一起鼓掌，多半是无声的鼓掌。

第五章

格罗夫在圣诞假期里花了大部分时间自学抽烟。他马上就要十七岁了，他不想做学长俱乐部里的傻瓜。

首先他必须在身体上掌握它——怎样把烟吸进去而不咳嗽；怎样让自己的感官把这种如吸毒般的晕眩接受为快乐，而不是刚开始时的恶心。然后是更微妙的审美问题，这个得靠浴室里的镜子来帮忙：要学习如何自如地夹住一支烟，甚至包括在说话时如何拿着烟打手势，要做得好像根本没意识到手指间夹着一支烟；要决定将香烟插在嘴唇的哪个部位看上去才最有风度——正面和侧脸——要如何对着烟雾眯眼，让自己这两个角度看起来都最好。他发现，香烟最了不起的地方是使他的脸看上去成熟了许多，因为它原本看上去总是比他的实际年龄来得更为稚嫩。

到他十七岁生日的时候，他准备好了。他抽烟的架势通过了同辈们的严格审查——没人笑他——因此他被接纳了。

学长俱乐部为每一个会员打开了一个新世界。它是一个长长的、宽敞的石板地房间，由四号楼的一间作废的自修厅改造而来。里面有一张台球桌，似乎永远都有人在用，有深陷的皮沙发和椅子，有一台留声机及许多唱片，有不少排列整齐的最新杂志。还有一个石砌的大壁炉，释放出木材燃烧后的刺鼻气味，在台球啪啦啪啦的撞击声中混合着烟草的蓝色雾霭，让每个人都觉得平添了一份成熟感。学长俱乐部里难得会发生什么吓人的事或愚蠢的事；这是一个学习在大学里该如何表现的地方——除了，当然啰，无论是一九四三级还是一九四四级的学生在战争结束前都不可能计划去上大学。

“很少训练或根本没有训练，”有天下午拉里·盖恩斯在壁炉旁对一群热心的听众解释说，“它一点也不像一个常规的军事机构。你签完字就上船出发；就这样。”

拉里·盖恩斯本想要参军，海军陆战队或海军——他随时都做好了离校的准备——但它们都拒绝了他，因为他有一种他自己从来都不知道的模糊的身体病症。现在，他找到了最后一根救命稻草——商船队。本来，商船队在孩子们的眼里总显得单调乏味、死气沉沉，可是如今因为他而在多塞特中学里戴上了一个浪漫的光环。在老爹德里斯科尔和其他人的劝说下，他决定不马上签字上船，不过他和校长达成了协议，让他提前一个月参加大考取得毕业证书，那样他就可以在五月初离校了。

“当然，也没有制服什么的，”他说着，“只有普通的工作服；你必须买你自己的衣服。不过我猜那些人也会在衣橱里藏两套正装，那样他们在阿尔及尔[1]或他们要去的无论哪个地方，就可以在姑娘们面前显示出一点品位。啊，是了，我也许说得比它实际的要好。它

1 阿尔及利亚的首都。

也许是世界上最无聊的一种生活，整天铲油漆什么的，不过管它三七二十一；我只能争取到它了。听着，我不能再跟你们聊了，待会见。”

拉里·盖恩斯从不在学长俱乐部逗留很长时间，尽管他在那儿总有一批忠实的听众。他现在是学生会的主席，所以似乎总有什么事要他去关心一下。“待会儿见，”他会这么说，然后去忙他的职责去了。

“嘿，格罗夫？”那天晚上皮埃尔·凡·卢恩在他们那黑暗的双人房间里问。“你醒着吗？”

“醒着。”

“你知道吗？盖恩斯今天说的商船队的事情——听上去真的很不错哎。”

“你什么意思？”

“啊，我不知道；只是这么觉得。在茫茫大海上，在大太阳底下干活，铲油漆或什么别人指定让你干的活，也许要干它几个礼拜，然后就去一个像阿尔及尔那样的地方，去亲身体验一下地狱的生活。我猜你听不懂我的话。”

“呃，我想我懂，也许懂吧。”

“因为问题是，私立学校的孩子们根本不懂什么叫现实。听着，我算好了在参军之前我还剩下一年时间，你知道我想干什么吗？哦，我大概不会那么做的，因为我的父母会宰了我的，至少我父亲会的，但我真的想这一整年都去乡下漫游。去西海岸打个来回，沿途一路观光而行。而且我一分钱也不会花在路费上：我会搭顺风车，或者去爬货运列车。如果我来到一个油田，我就去做个钻井工人。你知道钻井工人是做什么的吗?"

"知道，我听说过。"

"如果来到一个牧场，我就去做个牛倌。我会骑牛。只要是人们在那里修公路的地方，我就去做个硬石矿工。你知道硬石矿工是做什么的吗?"

"我想我猜得出来。"

"好啊，不过你知道吗，关键是我要一直这么漫游下去；漫游。没钱了，就去做会儿工，然后再上路。还会有姑娘们！天呀，格罗夫，想想那些**姑娘们**。我就要做一个孤独的漫游者，永远漫游着。"

"是的，"格罗夫说，"呃，如果你现在不能做这种事，那我想在战争结束前就再没有机会做了。"

"哦，我知道，"凡·卢恩说。"不过等到战争结束后，我就真的要——我真的要这么做了。"

"先生们，"W. 奥尔科特·克内德勒在职工大会上说，"我希望自己今天下午能有振奋人心的消息告诉你们，但我不会对你们撒谎。我们陷入了困境。"

他们聚集在校长家超大的客厅里——这间房间叫克内德勒的老婆困窘（我能在这儿**做**什么呢，奥尔科特?），叫那些穿着晚礼服来参加年度春季舞会、头一回踏进这里的姑娘们，在她们"伴侣"的怀里倒吸了一口冷气。老胡珀太太在长长的墙板上面存放了成千上万册连书页都没有裁开来过的皮面书，还有一些没人认识的俊男靓女的油画肖像。春季舞会上，孩子们会在这儿过得很开心，可是其他时候，这里是一个焦虑之地：在这样的屋子里，你也许会坐着等待，还发觉自己的手心在冒汗。

“就像所有的私立学校一样，我们主要的收入来源于学费，”克内德勒说。“过去有时候，我们能从胡珀太太的基金会里提取一点资金，但那个资源现在对我们已经关闭了。胡珀太太明确地表明，为了她自身的原因她将不再提供财政援助。

“由于我们的生源有限，而且有许多孩子学费都打对折，因此我们无法做到收支平衡。我们已经赤字经营了多年，现在我们到了危急关头。

“我上个礼拜去和理事们商量了一下，我现在就把他们的建议告诉你们。作为一个临时的对策，如果学校里的每个职工都自愿同意减薪的话——呃，也许是百分之二十五——我们也许能度过这次的财务危机。”

他们拒绝了他。威尔森博士，一个在这里教了多年书的历史老师，头一个出来说话：他说他根本无法接受百分之二十五的减薪，还补充说他搞不懂为什么胡珀太太不肯让步，为何要让他们来买单；接着斯通博士也开口表示同意，大家都知道埃德加·斯通是教师中薪水最高的，所以由他带头反对事情就好办了。结果是大家一致反对这么做。

“好吧，先生们，”克内德勒说，“我已经向你们传达了理事会的建议，而且我也知道了大家的意见。我看这个会再开下去也没什么意思了。如果有任何进展，我都会及时通知大家的。”

走出了校长家，罗伯特·德里斯科尔故意把脚步放慢得像个蹒跚学步的小孩，就为了走在杰克·德雷伯的旁边。“家里一切还顺利吗，杰克？”这句话已经来到了他的舌尖上，但他觉得还是不说为妙，就想出了别的话题来取代它。拉普拉德已经走掉好几个月了，他心里一直很好奇德雷伯夫妇现在处得怎么样。他们是否已经回到了从前的同床生活呢？人们一般是这样做的吗？还是会在晚上大吵大闹一番，眼泪鼻涕地相互指责，一杯接一杯地灌黄汤，吵着要闹离婚，直到杰克醉倒在客厅的沙发上，孩子们早晨下楼来在那里看见他？

“杰克？”他说。“玛吉和我昨晚还说到你呢，我们已经好久没看见你了。这个礼拜的哪天晚上你和艾丽丝过来喝杯酒吧？”

德雷伯走起路来很慢，同时还颤抖地挥动着双臂，像是在戏仿英国士兵游行。他的脑袋又小又俊，因为走路费劲而僵直，一头金色的短发在太阳穴附近开始有脱落的迹象。甚至在得小儿麻痹之前，他就一定是个瘦小的人，但那多半是许多女人喜欢的那种瘦小。“呃，谢谢，鲍勃，那太好了，”他说。“过两天我会给你电话的，可以吗？”

接着德里斯科尔就离开了他，德雷伯继续吃力地往家走。此刻，他正穿过四号楼后面那块荒凉的沙地，那些半途而废的设施如废墟一般残留在那儿。他们为什么要把理科楼和理科老师的住房造得离学校的主要区域那么远呢？是否有个刻薄的建筑师猜测到将来或许会有位理科老师几乎无法走完这段路程呢？也或许他们会预见到，这些胡珀太太的神奇的“科茨沃尔德”建筑师，将来在沙地的那一头会有一个伤心之家——一个沉浸在失落中的戴绿帽者的家，在那个家里就连孩子们的微笑都是凄惨的。

“杰克？”艾丽丝在隔壁房间里喊。“有什么新鲜事吗？”

“新鲜事？”

“你知道的；关于要解散学校的。”

“哦，不是吧。”

起初，就在拉普拉德刚离开不久，杰克·德雷伯饱受折磨，因为他不知道他老婆接下来会怎么做。会回到他的身边吗？还是带上孩子离开他呢？下一步显然是取决于她的，她却一而再再而三地拒绝明确表态。

“我必须得想一想，”她解释说，“我必须估计一下形势。我必须把我脑子里的一些东西整理清楚。”

好吧，行，但她的那番话究竟是什么意思呢？她要想什么？估计什么形势？把脑子里的**什么**东西整理清楚？

而现在已是春天。在晚上，吃完晚饭后，在孩子们上床前，他们一家四口会坐在客厅里，看上去像是一个正常的家庭该有的样子。他不得不承认在那种场合里他大多都在别扭地喝闷酒：他常常下午就开始在实验室里喝酒，然后晚饭前在厨房里又大喝波旁酒，晚饭后喝得就更多了。

“为什么你的嘴唇看上去那么滑稽，爹地？”米莉森特有天晚上问他。

“我的嘴唇？我不知道；也许是因为我需要一个吻。”

还有一次，他对他儿子说了一句诙谐的冷笑话——他甚至都想不起来他说了些什么——艾丽丝的那张甜甜的脸随即笑开了花。她那双大大的、可爱的眼睛在房间的另一头为他短暂地舞动；就在再次把头转回去之前，她说道：“真好笑，杰克。”

这句话把他带回到了很久以前的大学时代，有个受人喜爱的、老成世故的人曾对他说：“你知道吗，杰克？你会发现生活中没有比能使一个姑娘笑更开心的事了。当然啰，除了跟姑娘睡觉这件事以外。”

当然。跟姑娘睡觉。既然他现在已经使一个姑娘笑了，那他是否有理由去期待在跟姑娘睡觉这一方面也能有所进展呢？难道跟姑娘睡觉不是几乎所有男人的正当要求吗？难道不是因为这个才使得世界能够运作下去的吗？哪怕是对一个滑稽的小儿麻痹患者来说，虽然他的手脚已经很难被称为手脚，虽然他的老婆在一年半的时间里被一个法国人干得神魂颠倒。

不过每天晚上，在他费力地脱下布鲁克斯兄弟商店里买来的衣服——哦，是的，也该对你说声操你的，布鲁克斯兄弟，操你那个在试衣间里的油头滑脑的小混蛋（“我想您会希望这里缩进去一点的，先生，我说得对吗？裤子这里要多裁掉一点？我说得对吗？还有这里？”）——每天晚上，当杰克·德雷伯可怜兮兮地光着身子爬上他的婚床，他都知道他的老婆不会过来陪他。怀着一个残疾人的听天由命和一个酒鬼的要命的冷静，他甚至知道也许这辈子她都不会在这儿与他相伴了。

休·布里特有时抱怨他的腿在跟他“捣蛋”；他会坐在《纪事报》的办公室里用一只手用力地揉大腿肌肉，一边还疼得挤眉弄眼，无可奈何地喷出了一股细细的香烟烟雾，缭绕在《卡拉马佐夫兄弟》打开的书页间。

“这书好看吗？”格罗夫有次问他。

布里特生气地抬头看着他。“你什么意思，‘好看吗’？这可是永恒的经典作品之一啊。”

“是的，呃，其实我的意思是，你腿疼的时候怎么还能看书？我是说，在我觉得痛的时候我只想躺下来等它好过来。懂我的意思吗？”

“格罗夫，有时候我就是**听不懂**你的话。如果我现在躺下去我就会哀嚎，或者用我的牙把枕头撕成一片一片的。我碰巧有很强的集中思想的能力，在这样的情况下我很感激这种能力。阅读能使我忘记疼痛。”

“哦。”格罗夫回头继续写他写到一半的社论。开头写得够好了，是关于“我们在海外的校友们”也许会希望多塞特中学成为一个“比我们知道的更好的学校”，但在想对这个观点做一番总结时他却把这个该死的事情弄砸了两次。他知道如果他读过《卡拉马佐夫兄弟》或别的什么永恒经典，他的社论也许就能写得更漂亮，但困难在于：如果他整天坐在那里读经典，不管他痛还是不痛，那他哪里有时间来完成他的社论呢？

接着巴基·沃德走进了报社，手里拖着一根十几英尺长的麻绳，上面挂着许多小罐头。

“我想这也许会很有趣的，”他说，“我们可以把它系在克内德勒的汽车后面，也许在他把车开出去之前不会注意到的。”

“你知道吗，沃德？”布里特说。“这种事情是九到十岁的小孩才会做的。”

“是的，好吧，那么说是我的脑子发育太慢。总是觉得楼上发生了什么有趣事。不管怎样，听着，比尔，你到底想不想做这事？如果你不想，我就把这个给扔了。”

“把这个暂时放在台子底下，好吗？”格罗夫说。“我必须写完这篇该死的东西。”

“你慢慢来，”沃德说着，摆出一副做作的悠闲架势，肩膀耸起着，离开了办公室。“我一点都不急。”

整个冬天，一直到春天，格罗夫一直处在困境中，因为他的这两个朋友彼此嫌恶。有时他似乎并不真地把布里特当朋友——像友谊这么温暖、这么随便的东西怎么可能适合一个像布里特这么冰冷的完美主义者呢？——但他不得不承认在这个世界上他还是最希望得到布里特的认可。而且有迹象表明他不久就能赢得认可了，只要他小心从事，不再犯诸如问他《卡拉马佐夫兄弟》是否好看这样的低级错误。有几次，布里特表达了他对现在的室友的反感，就是那个胖子金博，他的床架子每晚都会在胖子用力的手淫中抖起来（“看在老天的分上，我想他根本不在乎我是否听到”），而且他不止一次委婉地透露过，太过委婉而使格罗夫无法追问，他也许会考虑明年和格罗夫同住。

至于说巴基·沃德，不能否认的是去年秋天建立起来的伙伴关系在布里特刚出医务室就开始萎缩了。虽然有时还会有所加强——《纪事报》办公室里的长夜依然存在，根据沃德的情绪他们时而快乐时而悲伤——但即使往好里说，他们现在的关系也已是千疮百孔，那似乎是使沃德感到伤心的一件事。

“布里特是一个非常有智慧的人吗？”一天晚上他问格罗夫。“智商很高什么的？”

“我不知道。当然，他的成绩很好。”

“是的。呃，有时候取得好成绩真的只是一种把戏，就像别的成功一样。这是一种思维习惯。你只需把其他事情统统屏蔽掉即可。”

“你什么意思，把其他事情统统屏蔽掉？布里特才不会那么做呢。他打橄榄球，他做报纸的工作，他……”

“哦，天哪，格罗夫，得了。你真的不懂我的意思吗？”巴基·沃德可怜兮兮地微微一笑，随即低下头去。“好吧，好吧。如果你不明白我的意思，那我跟你解释当然也没什么意义。”过了会儿，他说：“该死的。有时候跟你说话就像跟我女朋友说话一样。”

“你这句话又他妈的什么意思？”

“呃，你和波莉都是绝顶聪明之人，你们看着所有的一切，不过有很多时候你们却视而不见。我是说我爱波莉也喜欢你，但还是有许多东西你们**视而不见**。啊，没关系。没关系。我们忘记这场谈话吧。”

在那天下午沃德把那一串铁皮罐头丢在办公室里后，布里特若有所思地从《卡拉马佐夫兄弟》里抬起头来说：“你知道吗，格罗夫？我想你的朋友巴基有点问题。他似乎在到底是做一个喜欢恶作剧的傻孩子还是做一个穿着刚毛衬衫的吓死人的苦行僧上有点举棋不定。非常奇怪、非常矛盾的一个人。”

“是的。”

“哦，我想那得归咎于他在孩提时老是生病的缘故。但即使那样，有一个不幸福的童年并不代表从此你能为所欲为。”

“是的。”

“我觉得他很多时候真的像一个被宠坏了的孩子。我是说我也喜欢他，但他身上确实有那种被宠坏的小孩的习气。”

“是的，”格罗夫说，“可是……”他奇怪自己怎么会这么说；

这感觉应该是布里特对他说的话。“……可是，我们能待会再谈吗？因为我真的必须完成这篇该死的社论。”

特里·弗林曾经告诉过吉姆·波莫罗伊，在他们刚开始交友的时候，他比别人晚上学两年的原因是因为在他童年时他家老是搬家。“我们总是搬家，”他解释说，“因为我爸爸工作的关系。我刚在一所学校安定下来，啪的一下子我们又搬了，有时候还在一学期的中间，所以我就这么自然地落后了。”

“我明白了，”波莫罗伊说，不过他事后想得越多，尤其是在他们同住以后，就越清楚自己其实一点都不明白。

几个月过去后，每当特里放学后走进房间里把他那傻乎乎的三年级课本重重地摔在窗台上，就摔在波莫罗伊的五年级课本旁边，空气中总会陡然升起一阵紧张。

“特里？”有天晚上波莫罗伊问，当时弗林正站在镜子前面审视自己脸上的粉刺。“听着，让你在学校里落后于别人的主要原因是什么呢？你介意我这么问吗？”

“呃，主要是因为我的阅读，”弗林说——他的口气显得害羞，像是在吐露什么机密一般，就像一个艺术家说“我的画”或一个作曲家说“我的音乐”或一个像德雷伯那样的残疾人说“我的腿”。

他的阅读？一个人的**阅读**怎么可能是主要原因呢？**阅读**到底有他妈的什么关系会把你的一生都搞砸呢？

“我的阅读有问题，你知道，”弗林解释说，“今年好一点了——一直在向好的方向发展——不过还是有问题的。我小时候一直没有好好地学习过阅读，你知道，因为我们老是搬家，所以它就成了一个——你知道——成了一个问题。不过现在好点了。”

“哦，”吉姆·波莫罗伊说着，脑海里想起了他认识的多塞特中学里的每个人，他们都能阅读，根本不用动脑筋。看在老天的分上，不是每个人都不用动脑筋也会阅读的吗？比如史蒂夫·麦肯齐，他能站在德里斯科尔老爹的课堂上一字不差地背出吉卜林的《如果》全诗。该死，该死，他的表现真是不错。或者说里尔，他那抑扬顿挫的英国发音，他在课堂上大声朗读《威尼斯商人》（“坐吧，杰西卡。看天空中缀满了多少光辉的金盘……”[1]），给一房间的蠢货上了他妈的生动的一堂戏剧课，这帮家伙在几分钟前还在那里嘀咕着什么莎士比亚是不可理解的。或者说格罗夫，整天到处转悠撰稿，每隔两周就能让报纸准时出版——从没耽误过——而且使各个栏目都写得有声有色，用漂亮的字体印刷出来给大家看。该死。

“呃，特里，”波莫罗伊说，“你觉得你为什么在阅读上有困难呢？”

“我告诉你了。我的父母老是搬家，而我……”

“是的，是的，”波莫罗伊说，“但有很多人的父母也常常搬家。我不是说我家也是，但有许多人家也是这样的。所以我问的意思是你觉得什么是真正的原因使……”

“听着，吉姆，”特里·弗林飞快地从镜子前转过身来，明亮的眼睛盯着他，脸颊上突然起了一阵红晕。“我真的不想再谈这个了，行不行？”

好吧，好，好，好。他们没有再谈下去。可是吉姆·波莫罗伊，

1　出自莎士比亚《威尼斯商人》第五幕第一场。

别人不止一次告诉过他，他也许能成为明年学生会的有力候补（在你的一生中，在参军之前能有这么一笔不是很美吗?）——像吉姆·波莫罗伊这样的人是不可能永远去忍受一个连阅读都有困难的傻孩子的。

还有一次，在春天的一天里，波莫罗伊因什么事下午没能回房间——他只得在自修后再去洗澡——弗林在那天晚上终于看到了他，对他说："你去哪儿了?"

"什么意思，我去哪儿了？我什么时候去哪儿了?"

"你知道，今天下午。"

"哦，我不知道；史蒂夫·麦肯齐和我去一号楼前面待了会儿，扔棒球玩来着。我们没有看时间。"

"噢。"

事情似乎就到此为止了，尽管他们俩在那天晚上熄灯前都没再说话。然后，在黑暗的小房间里，弗林说："吉姆?"

"什么?"

"想说会儿话，还是直接睡觉呢?"

"我不知道，特里；实际上，今晚我很累了。"

还有一件事：特里·弗林似乎以为做他的室友就意味着你们每天晚上都必须躺在那儿说说笑笑，就像是两个——好吧，见鬼，就像两个小姑娘。波莫罗伊翻了个身，敲了敲枕头，想要睡个安稳觉。可是，由于特里的声音（"吉姆？……吉姆？……"）随时都有可能从房间那头传过来，所以他的睡眠就这么搁浅着。等他最后终于坠入一种肤浅的半睡眠状态时，却又有一个梦紧接着来骚扰了他。特里出现在他的梦里，微笑着对他说："你看我拿着什么。"他首先举起一张画得乱七八糟的小孩子的手指画，接着又是一张幼儿园里的大美术纸，上面草草地贴着几个从什么地方剪下来的橘黄色的南瓜灯。“看见了吗?”特里说。“知道我能干什么了吧?**叭—哈！叭—哈—哈！**”

波莫罗伊挣扎着醒了过来；接着，宽慰地意识到这只是个梦。他缓缓地吐了口气，隐约地意识到房间的另一头也发出了同样的吐气声，最后还注意到特里用的除臭剂的香味。他认识的人中没有一个用这玩意的。他从来也没搞懂特里为什么要用它，也想不出什么方法来问他，那种味道，如果凑近了闻，足以把他给熏死。哦，老天；哦，老天；这样的生活真叫人头疼。

一两周后，某天的淋浴时间，特里·弗林飞快地从一团蒸汽里跑出来走上走廊，去追波莫罗伊，喊着：“吉姆？吉姆?”

“什么?”

“等一下。听着，你没有生我的气吧，对吗?”

“你什么意思，我干吗要生你的气?”

“呃，你知道；就刚才，在洗澡时，我说的关于史蒂夫·麦肯齐的那些话，我希望你不会认为我……”

“哦，看在老天的分上，弗林，”波莫罗伊说。“你把我当什么人啦，我是个姑娘吗?”回到他们的房间后，他猛地抽掉浴巾，一边吃力地依次穿上短裤、裤子、衬衫，一边喘着粗气。

弗林也在穿衣服，在房间里的他那一头，但动作慢一些。他不时瞧瞧波莫罗伊，好像为了确定他们之间还是一切正常。

他们俩都穿好了衣服，发觉离晚饭时间还足足有一个多小时。他们无事可干，只能坐在那儿大眼瞪小眼。

“想谈谈吗?”弗林害羞地问。

“谈什么?”

“我不知道;随便什么——你知道——只要是你想谈的。”

“特里,听着,”波莫罗伊说。“我一直在想。我觉得我们话说得太多了。我们该死的简直一刻不停地说话。我想如果我们能闭上嘴做我们自己的事情,情况也许会好起来的。”

久久的沉默。弗林呆呆地盯着自己紧握住的两只拳头。然后,他抬起头来说:“你不想再跟我做朋友了吗?”

“我没那么**说**。老天爷啊,弗林,你可以把最简单的事情扭曲成他妈的该死的——听着,听着,我只是说我觉得我们之间**话**说得太多了,仅此而已,我**厌烦**了这个,仅此而已,我想任何人听到我们的对话都会以为我们是两个他妈的**姑娘**呢,仅此而已。算了,我们忘了它吧。”

“好吧,”弗林过了会儿说,“那么,你是想让我搬出去,那样你就能让史蒂夫·麦肯齐搬进来啰。没问题。没问题。我知道你对史蒂夫·麦肯齐有什么想法,我也知道你对我有什么想法。我完全同意,吉姆,不过我要告诉你一件事。”他站了起来,浑身发抖。他的眼眶里糟糕地涌起了亮晶晶的泪水,他的嘴巴忍不住抽搐着。“我想要告诉你一件事。史蒂夫·麦肯齐是个混蛋。史蒂夫·麦肯齐是个混蛋。史蒂夫·麦肯齐是个混蛋。”

“啊,操你的,弗林,”波莫罗伊说,“我对你无话可说,只有这一句,操你的。”他站在那里等了很长时间,直到看见特里·弗林转过身去趴倒在床上——惨不忍睹的情形,特里的那件布鲁克斯兄弟牌的花呢夹克随着他的哭泣一抖一抖的——随后他摔上门走掉了。

走廊里至少有四五个人站着——只有上帝知道有多少人听见了他们的吵嘴——在他怒气冲冲地走向楼梯井时，他们都乐得不行，面带笑意。哼，操你的，他几乎大声地说道。

不过来到了四方院里，走在令人舒服的硬石板路上的树阴下，他感觉好了起来。该说的都说了。任务已经完成。除非弗林真的搬出去，那似乎不太可能（拆下黄色的窗帘，拿走那八幅新英格兰风景照，就连弗林都会想到这一切将会令他很伤心的），在余下的春天里他们或许会处得像一对相敬如宾的陌生人。现在再也不会有那种“谈谈好吗”的渴望请求，再也不会在走廊上听到“吉姆？吉姆？”的咩咩叫声。

都结束了。波莫罗伊觉得无比舒畅，他简直想在石板路上翩翩起舞。他自由了。明年他可以和——对，就和史蒂夫·麦肯齐同住，如果他俩都没意见的话。干吗不呢？

格罗夫常常喜欢在那家印刷所印报纸时去那儿逛：他喜欢凌驾于那些比他小的孩子们之上的权威感，他的地位几乎和戈尔德先生相等。他也喜欢印刷所本身——温暖干燥的气味，他自己写下的文字在排字机的长条校样里闪闪发光，上下颠倒地向后倒退着。

但有天下午似乎一切都不对劲。他去得迟了，戈尔德先生不动声色地给了他一顿冷嘲热讽，在一旁的两个小孩子笑了起来；过了会儿，戈尔德先生又阴沉沉地从排字表上抬起头来说：“格罗夫，我想我们材料不够啊。我们可以在第四页上使用‘请购买战争债券’栏，但我担心的是第三页。”戈尔德先生总是担心这担心那，不是担心材料不够就是担心太多。

“不要紧的，”格罗夫对他说，“材料足够了。”

“呃，我不懂为什么我们不能把这些东西计划得更精确一点。我们今晚能够从这里走出去的话就算万幸了。”

无论如何，所有的版面稿样统统在适当的时间里完成了，接下来就等着印刷了。戈尔德先生，嘴里叼着一支已经熄了火的上过油漆的烟斗，闷闷不乐地站在又大又快的平板印刷机前，往里面补充纸张；孩子们现在可以回去了，格罗夫向门口走去，心想哪怕这辈子再也看不见这个印刷所他也不会在乎。

走到外面，他挑了一个孩子，把他拉到旁边的一条红石子的步道上，问了他一个问题。他挑的是德怀特·里弗斯，就是那个在一年多前眨着眼睛从亨利·韦佛的房间里跑出来、被人称为“混蛋”的那位。

“告诉我，里弗斯，”格罗夫说。“那天晚上你和韦佛在里面干了些什么？”

“在什么里面？哪天晚上？”里弗斯红了脸，看着真叫人舒心。

“得了，你知道的，去年的事。”

“我们在练摔跤。”

“摔跤？”

“是，摔跤，”里弗斯说，接着他又羞答答地勉强一笑，加了一句可能让他后悔终身的话。“可能还有些别的小事。”

“哦，”格罗夫说，“可能还有些别的小事。”他把嘴巴撇向一侧，他希望这种方式能够表达出他的不屑。“好吧。”

呆在印刷所里的这个下午使他极为沮丧（有那么一个危险的时

刻，在戈尔德先生的嘲讽和孩子们的笑声里，他一时觉得他的眼睛疼了起来），而他和里弗斯的这段对话只是起了雪上加霜的效果。现在唯一的补救就是去学长俱乐部，在那里有时候会让他觉得自己已经是个成年人了。

天气好的时候，有些俱乐部成员喜欢坐在外面，坐在四号楼后面靠墙的一张木质长凳上。他们会若有所思地朝着脚边的灰尘吐唾沫，或者嘴里叼着香烟，双手抱膝弓身坐着，随时准备低下头去，只要有去四号楼拱道的孩子们经过这里。这个下午，皮埃尔·凡·卢恩独自坐在长凳上；他似乎非常投入地在和一个一身白衣的厨房帮工说话，那帮工站在几步之外，用一只破旧的黑皮鞋踢着地上的沙子。

"嗨，格罗夫，"凡·卢恩说，"这位是我的朋友韦恩。比尔·格罗夫，这是韦恩。"

"嗨，"格罗夫说。

"嗨。"韦恩看上去在二十五到四十之间——比大多数厨房帮工年轻——他有一种警惕的神色，让格罗夫觉得微微有点吓人。

"韦恩是西弗吉尼亚人，"凡·卢恩说，"厌倦了做煤矿工人，所以来到了这里。他是艾德和玛莉·斯洛伐克的好友。"

"谁？"

"艾德·斯洛伐克，在发电厂做的那个，和他老婆玛莉。我跟你**提过**他们俩的。"

格罗夫想起来了。有几天晚上，凡·卢恩正赶在熄灯时回到了宿舍，说他出去拜访了斯洛伐克夫妇，他们是两个大好人，给他喝了波旁威士忌。如果艾德·斯洛伐克受过教育的话，也许可以做个了不起的工程师，但他毫无怨言；那正是他身上了不起的地方。玛莉也从来不发牢骚。他们就是——呃，他们是一对有趣的人。现在，为了拓宽他在学校的职工中的社交圈，凡·卢恩显然又寻找到了一个新的候选人。

“韦恩只是在这里工作一段时间，等到他积了一点钱，”他解释说，“他就要去加拿大碰碰运气。”

“我明白了，”格罗夫说。

“我刚才在跟他说我觉得他的这个打算很明智，”凡·卢恩一边说一边小心地弹掉烟灰。“加拿大是一个有前途的国家。”

“是的，我想你说的没错。”

韦恩低声地嘀咕了句什么。

“你说什么，韦恩？”凡·卢恩问道。

“我说重要的是要不断地前进。”

“对的，是啊，你说得绝对正确。”

接着，这场对话慢慢结束了；韦恩上楼回到自己的房间，凡·卢恩叹了口气靠回到墙上。“我想你不理解他的话吧，格罗夫，”他说，“但我对他那种人很感兴趣。我对各种各样的人都感兴趣，不仅仅是在私立学校认识的孩子。”

“是的。”

“你知道我真正想做什么吗？就是明年，在参军之前？我想要花上一整年在这个国家四处游荡。”

“是的，我知道，”格罗夫说。“你跟我说过的。”

他们一起走进俱乐部，刚巧里尔和詹宁斯从里面出来。“你们去斯通家吗？”里尔问。

“不去。”

“太糟了，”里尔说，“又是一个快乐的下午哦。伊迪丝回家了。”

“是嘛？”格罗夫说，“又回家了？”

“嗯，是的，她经常回家，没人知道为了什么。不过，我有自己的见解。”里尔仔细地整了整他的领结。他最近喜欢别人用他名字的打头两个字来叫他——“瑞德”——也许是因为《乱世佳人》里的那个瑞德·巴特勒吧。“我觉得她常常回家是因为想要见我，”他说。

第六章

凡是有人问她是否喜欢布莱尔女子学校，伊迪丝·斯通准会回答很喜欢。但事实完全不是这样。

她不喜欢那里的宿舍，有一股焦糖的味道，女孩子们整天都在兴奋地谈论着有关月经和处女的事情；她不喜欢大汗淋漓的、喧闹而又愚蠢的曲棍球；她不喜欢任何一门课程，也不喜欢任何一个姑娘。

有几个女孩子崇拜她，想要得到她的肯定，可她们都太喜欢傻笑了，而且她们总是在说一些无聊透顶的东西；这里没有她崇拜的姑娘，她也不想得到任何人的肯定。

“**多塞特**中学？”听到她父亲在那里教书她们会叽叽喳喳地嚷起来，然后捂着嘴巴咯咯地笑起来，就为了明确无误地表达出她们的观点：多塞特是一所滑稽的学校。“呃，”有个姑娘曾用一种谅解的口吻这么说，“既然格斯·杰哈德也在那儿上学，说明那里也没有那么糟啦；他可是真人版的白马王子。”

在伊迪丝下一次回家时，这句话印在了她的脑海里。在食堂里坐在她父亲旁边，她想让父亲给她指出哪位是格斯·杰哈德，不过又觉得那样要求很傻。况且，她只要环顾一下桌子周围，就能看到不少英俊潇洒的小伙子，他们中有几个家伙在她想要说话的时候也许可以羞答答地聊上一聊。仅仅在一年前，她还讨厌在多塞特的食堂里吃晚饭；如今，她对此充满了期待。她也喜欢时常和她母亲一起吃下午茶；客人中常常有一位聪明的英国小伙子，名字叫瑞德·里尔，他能逗她笑，还有一个腼腆的大个子，叫阿特·詹宁斯，他时常脸红；还有一次，走进来一位长得超帅的男孩子，虽然只来了一会儿，却吸引了大家的注意，直到他微笑着向她介绍自己叫拉里·盖恩斯之前，她都觉得头晕目眩、浑身乏力。

然而，她大部分时间必须待在单调乏味、死气沉沉的布莱尔女校里。每天晚上，她都要把头发两边各梳一百下，而那时候她往往会用一种无奈的眼神瞪着镜子里的自己。

不管从哪种角度看，她的脸都不够完美。她有一张好看的椭圆脸，脖颈修长，棕色的两只眼睛分得很开，她的嘴，尽管也许太大，但正是那种被称为“性感”的嘴；问题出在她的下巴上。它不突出，它不“诱人”。它没有在她认识的每个美女脸上都会有的那种精致、结实和骨感。她拿着一面手镜把头扭过来扭过去，审视着自己的侧面，但无论怎么看都高兴不起来。

“你是个**可爱的**姑娘，伊迪丝，”她母亲会这么说；不过，每个人的母亲都会说这种话的。况且，她母亲有个体面的下巴；就连布莱尔女校里长得最丑的姑娘都有体面的下巴，所以她最后只得无奈地把木梳和手镜放回到五斗橱里，然后两只小拳头压在太阳穴上在房间里来回地踱起步来。

不过也有一些晚上，她对镜子里的自己还算满意。在那种时候，她能在镜子里看到一个浪漫的，甚至是神秘的小姑娘，一个不在乎一大堆头发遮去了半张脸的姑娘，因为那样她就可以不时地甩一甩头，来突出她那明亮深邃的棕黄色的眼睛，和她那性感的大嘴巴的微妙形状，还有她那令人骄傲的长脖子。在那种时刻，就连她的下巴也会看上去还能凑合。随后她会想象出她计划着要尽快拥有的住房，不是在坎布里奇，就是在纽约：一个屋顶很高的白色房间，长躺椅上方的墙壁上挂着一把吉他（她还不会弹吉他，不过时间能解决一切问题）。那里还会有一个壁炉，还要一张咖啡桌，上面摆着一只盛着橘子的木碗，她会穿着凉鞋在房间里优雅地溜达，穿一件男式的衬衫，最上面的几粒纽扣统统解开，一条宽下摆的长裙——或者还要更好的是，一条紧身的、颜色褪得刚刚好的蓝色牛仔裤（“你应该多穿穿牛仔裤，伊迪丝，”有个姑娘曾告诉她，“你穿着看上去真的很性感哦”）。

有天下午，她觉得自己实在受不了布莱尔女校的压力了，就从五斗橱里拿出一只脐橙离开了宿舍。她步行穿过了校园，故意用鞋跟在弯弯曲曲的卵石路上踩出橐橐的响声，对经过的每一个同学都用最简慢的方式点了一下头。她只想离开此地。

她以前在这种时候常会去一个地方，那是一座芳草萋萋的小山丘，由于树的遮挡，无论从学校里的哪扇窗户都看不到这个地方，从那里她可以俯瞰一片使校园与世隔绝的平坦的大草坪。她坐在那儿，双腿盘在裙子底下，用大拇指指甲剥橙子皮，终于可以放心不被旁人打搅了。她这一天都觉得透不出气来。她觉得自己的肺叶很紧张，像缺氧一般，似乎随时都有可能气喘吁吁起来。

为了停留在这一刻，她在吃之前慢慢地把橙子一瓣一瓣剥开，再把上面白色的囊一丝一丝地剥掉。她在腿边的绿草上擦干手指，这使她想起最近刚发现的一位名叫埃德娜·圣文森特·米蕾[1]的诗人写的一首诗。

上帝啊，我可以拨开草叶
把我的手指放在你的心上。[2]

“呃，我想那种东西确实会打动你这个年龄段的姑娘，”她父亲曾用一种单调宽容却惹人生气的语气对她这么说过，用这种方式把他们以前关于书的共同讨论都葬送了。“等你长大后，我想你会对这种多愁善感的东西不耐烦的；大多数聪明人都这样。”

“好吧，可是你说多愁善感是什么**意思**呢，爹地？”

于是他伸出手去拂乱她的头发，好像她才六岁而不是十六岁。“你什么**意思**，你的意思是问我多愁善感是什么意思吗？”他说。“意思是什么意思？你考虑过这个问题吗？”

“哦，你父亲简直不可理喻，”她母亲耸肩说道，“你父亲是个整天无精打采的、冷冰冰的家伙，他谁都不喜欢。他甚至不喜欢爱丽丝·都尔·米勒。”

“是吧，”伊迪丝说，因为她在家里老是有必要充当和事佬的角色，“老实说我也不怎么喜欢爱丽丝·都尔·米勒，妈妈。”

---

1 Edna St. Vincent Millay（1892—1950），美国著名女诗人，普利策诗歌奖获得者。

2 出自米蕾的著名长诗《新生》。

这句话使她母亲看上去伤心。“难道你没有心吗？就像我爱过的所有人一样，你也把你的心给弄丢了吗？我命里注定要遭受厄运吗，伊迪丝？我命里注定会孤独地死掉吗？告诉我，告诉我真相。我不能靠谎言活着。”

意思是什么意思？她咀嚼着吞下最后一瓣橙子，同时盯着这片大草坪，看着一辆拖拉机拖着一套割草盘慢慢靠近，也许是今年的头一回割草任务。拖拉机闪闪发光，发出一种和它的大小不相称的声音，一种刺耳的嗡嗡声，和她的情绪倒很般配，因为这噪声代表了尘世的丑陋。那个年老的德国人，管理员杰哈德先生，在方向盘上佝着背，在他那张麻木的气鼓鼓的嘴巴里叼着一根雪茄头。一切，一切都丑陋不堪；甚至在树林下的这样一片草坪上都找不到安宁。

她刚站起身打算回宿舍去，因为除此之外没事可干，一辆福特T型车就在草坪旁的路边停了下来，一个宽肩膀的男孩爬了出来，穿着一条牛仔裤和一件耀眼的白色T恤衫。他走到在那里磨洋工的拖拉机跟前，对杰哈德先生说了句什么，杰哈德先生随即连机器都没关就从拖拉机上下来了。他们又简短地谈了两句；接着那个男孩跳上了拖拉机，发动引擎，而那个老头则慢吞吞地走向汽车，把它开走了。

那一定是格斯·杰哈德。伊迪丝突然觉得很有必要更近距离地看一看这个小伙子。她匆匆跑下山坡，走了过去。他离她还有几码远，不过正朝她开来；所以她还有时间让自己镇定下来，她命令自己的双腿放慢速度，笃悠悠地往前走。此时她可以看清他的金闪闪、皱着眉头的脸，等到他来到跟前，她停下脚步，莞尔一笑，朝他挥了挥手。

他给了她一个犹豫迟疑的眼神；接着拖拉机发出一阵可怕的嘟嘟声从她身旁开走了，同时还送给她一股浓烈的汽油味。割草盘在它后面发出丁零当啷的声音，她站在割好的一片草坪上，小虫子在上面跳来跳去。过了会儿，他停下拖拉机，关掉引擎，在高高的铁质座位上回过头来，瞧着她。

“要帮忙吗?”他喊道。

“不是，不是；我没事；我只是……”

“嗯?”

她只得踏着矮矮的草梗朝他走过去，感觉自己像个傻瓜。“我只想和你打声招呼，仅此而已，”她走近他，以便和他说话。“我想我也许见过你几次，在多塞特中学。我是伊迪丝·斯通。”

“哦，是的。”他绽放的微笑迟到了一秒钟不到的时间，即使在那时也显得有所防备。“是的，我也见过你几次，在食堂里。只是我没有——你知道——没有认出你来。”

似乎至少有十秒钟时间他们无话可说。“你是——经常在这儿干活吗?”她终于问道。

“有时候是的，”他说，“只要——你知道——只要我父亲需要帮助的时候。”

“呃，这么一大块地方一定有——有许多活要干。”

“是啊，对的。”

“是的。见到你很高兴。”

“是的。”他慢慢地开走了拖拉机，噪声渐渐微弱下去。这个世界上没有安宁；也没有美；也没有让人呼吸的空气；什么也没有。

那个星期五，在她父母家，伊迪丝在下午四点钟上了床，随后足足躺了二十四个小时。

间或，她母亲会踮着脚尖来到房间里，一脸焦虑。“亲爱的，你确定不需要我叫医生来吗？”

“不，我是说是的，我确定。”

“好吧，那你觉得自己是怎么回事呢？”

“我告诉过你了，我没事。我只是恰好不想起床。”

“可你还什么也没吃呀——”

“我过会儿可能会喝杯牛奶。”

“哦，伊迪丝。你一定是有什么事，是不是。”

“我不知道。我真的不想说话，妈妈。”

最后，在第二天的下午茶时间，她母亲又走进去，看上去光彩熠熠的，还有一丝忐忑，好像刚和人调过情似的。“有几个男孩子在楼下，伊迪丝，”她说，“我知道他们都想见你。你起来陪陪我们好吗？”

伊迪丝猛地朝墙壁侧过身去，还拉了拉身后皱巴巴的被子。

“哦，好了，”她母亲说，“你马上就会感觉好起来的。里尔也来了，我知道你喜欢他。还有詹宁斯，还有另外几个——哦，拉里·盖恩斯也在呢。”

伊迪丝又转回来，希望自己的脸上没有明显的急切之色，说她也许过会儿会下楼去的。

“哦，这就好了，他们一定会很高兴的。”

她匆匆地洗了一个热水澡，然后换上她能找到的最漂亮的衣服。伊迪丝的心跳得那么剧烈、那么飞快，她只能想那是因为一个人在休息了很长时间后一下子又做剧烈运动的缘故；她不得不在楼梯顶上站了很长时间，做深呼吸，同时双手紧紧抓住栏杆支柱，然后终于冷静下来走下楼去。

五六个男孩一下子站了起来，花呢和法兰绒的衣裤一阵剧烈的骚动；有忸怩的微笑，还有参差不齐的大合唱“嗨，伊迪丝”——哦，他在那儿呢，比其他人看上去都更成熟更有男子气，他的头在午后的阳光下显得金灿灿的：拉里·盖恩斯。

“你要来杯茶什么的吗，伊迪丝?”他说。就在那时他似乎已知道她是为他下楼来的，知道她想和他说话，想坐在他身旁看着他的脸。

他们一起坐定后，迟疑地喝着茶，别的男孩似乎都从房间里消失了。“我听说你马上就要去参军了，拉里，”她说。

“呃，不能算真的参军；只是商船队。”

“我知道。那个要接受训练吗?”

“哦，没有真正意义上的训练。可能有那么一点点训练，也或者啥也没有。你签完合同就开船送你走；基本上就是这样。”过了会儿，他说，“所有的正规部队我都申请了，可他们都拒绝了我。”

“我知道，”她说，“我都听说了。你做的每件事都会飞快地在这里变得尽人皆知；我肯定你自己也意识到了吧。”

他脸红了，就好像他只是个普通的男孩，好像他不是学生会主席，不是人们记忆里那个最出色的多塞特男生。她惊讶地发现自己的话居然能叫他红脸，这让她觉得兴奋，也让她想得寸进尺。“呃，也许不是你做的**每件**事，”她说，“我想哪怕是你也有一点小秘密的。”

“哦，我不知道。”他从害羞中恢复过来，热切自信地看着她，要不是她那么喜欢他也许会为他的这种眼神生气的。“我不认为我有什么秘密。如果我有，我一定会把它们告诉你的。”

“你会吗？为什么？”

“因为你这么好，因为你这么漂亮。”

那天晚饭时，他当着一食堂人的面放弃了他在六年级里的位子，和她坐在一起，坐在她父亲旁边。

“我们怎么会有这份荣誉呢，拉里？”她父亲问。

“为了你美丽可爱的女儿，斯通博士，”他说。

伊迪丝身上发生了特别美妙的事。她坐在那儿谈笑风生，一边用叉子叉焙盘里的鸡肉面条，觉得衣服底下浑身的皮肤都有一种麻麻酥酥的感觉；她可以发誓她感觉就连自己的子宫都开放了。“爱情”这个字眼一再浮现在她的头脑里。我恋爱了，她想。哦，上帝；哦，上帝；我爱上了拉里·盖恩斯。

晚饭结束后，他领着她穿过了人群，似乎一点都不在乎众人的目光，他那只温暖的手挽着她的肘。他领着她往没人的地方走，他们穿过了四方院，来到了四号楼后面的那块沙地。他在那里把她紧紧搂住，在她的唇上留下一个长长的吻。再过三周她就满十七岁了，而这个吻就是她这辈子里的初吻。

拉里·盖恩斯是个魅力难挡的人物。他优秀，他英俊，他善良；他身上有那么多优点，伊迪丝一下子是很难统统领会的。她只知道，在接下来的几天里无论她在布莱尔女校里做什么都处于一种白日做梦般的梦游状态，她坠入了爱河。

“哦，拉里，”她一遍又一遍地低声沉吟，“哦，拉里，我爱你。”

她直等到下个礼拜五才又回了家，而令她伤心又惊恐的是那天下午拉里·盖恩斯没有来她家喝茶。礼拜六也没有去，一个男生解释说是因为他正忙于春季舞会筹备组组长的任务。距舞会开幕只有一个礼拜的时间了。

所以她现在一边坐在一屋子少年中间喝着渐渐变凉了的茶，一边有两桩讨厌的事情要考虑：她也许整个周末都见不着拉里·盖恩斯了；下个礼拜他也许会衣着光鲜地在舞会上亮相，搂着一个来自他家乡的明艳动人的美丽姑娘翩翩起舞。

她郁郁寡欢地想到了楼上的床，这个想法现在对她很有诱惑力——她可以再来一次“长眠”——不过要是她错过了晚饭，她怎么知道他是否会再次走过来坐在她的身旁呢。

“……对不起；你说了什么吗?”她对一个穿着难看的西服、骨瘦如柴的少年说。

“我刚才说我想我们以前没见过面。我是比尔·格罗夫。”

她尽量努力地和他聊了一会；这样应该比一言不发好一些。他尴尬的样子还挺不错的，如此紧张——搓着双手，在椅子里扭来扭去——他使她感觉冷静。

“你和学生会有什么关系吗?”她和善地问，知道他应该没有。

“哦，没有，”他说，“和学生会没什么关系。我是校报的编辑，仅此而已。《纪事报》。”

“是吗？那一定很有趣吧。”

“是啊，有许多工作要做，但确实——是啊，确实非常有趣。”

下午茶时间结束后，他直等到房间里的每个男孩子都站了起来；然后他才站起来，随即又飞快地转过身去，看上去十分狼狈，使她不得不注意到他想要隐藏的东西：在他裤裆的地方有一处抖动着的大大的隆起。

她受了窘，但同时又觉得开心。想想她只需坐在这儿就能让一个男孩子变得这样——不用扭着腰来回转，不用摆任何性感的姿势——使她这一整天里失落的自信一下子又恢复了。

在食堂里，所有的阴霾一扫而净。拉里·盖恩斯过来坐在了她旁边；也许是因为上个礼拜的那个吻，整个吃饭时间他都用一种亲密沙哑的嗓音低声和她交谈着，之后在穿过四方院送她回去的路上，他腼腆地问她是否愿意在春季舞会上做他的“伴侣”。

“我非常乐意，拉里，”她说。

威廉·格罗夫有理由相信她什么也没看见。他站起来后很快就转身了；他的西裤上本来就打了很多褶；况且，好女孩是不会看人家这种地方的。即便如此，这件事还是使他困扰了好几天；当巴基·沃德走进报社问他是否打算要做个舞会上的“光棍司令”时，他还在琢磨着这件事。

“哦，不是，”他说，“我不是——我不能——我的意思是说，我没有燕尾服。”

“不能让你母亲寄一条过来吗？”

“不，我是说我**没有**燕尾服的。”

“哦，那好，你看……”沃德对他解释说他有一个参了军的大哥，身材跟格罗夫差不多；把他大哥的旧燕尾服邮寄到学校里来只需几天时间，而且应该合他的身。这样可以吗？“因为关键是，”他总结说，“我真的希望你去会一会波莉，比尔。我也希望让她见见你。”

燕尾服来得正是时候。格罗夫穿着不合身，但主要问题是正装衬衫的领子太大了。沃德说服他换一件普通的白衬衫就行了；没人会注意的。

然后，姑娘们登场了。她们在那天下午陆续到来，先在一号楼的拱门外等待着她们的“伴侣”，随后就在众目睽睽下穿过四方院去。或走或来回转悠的一群群男生会停下来用审视的目光瞅着她们，嘴巴微张，似笑非笑，即使她们因此而紧张，她们的脸上也不露声色。她们一边往前走一边这里看看那里瞧瞧，好像多塞特中学里没有任何一样东西能使她们觉得紧张。她们都有一头干净飘逸的秀发。

一个高挑优雅的美女陪着皮埃尔·凡·卢恩走在石板路上；他们还没走到三号楼，她就拉住他的胳膊，对他说的什么话吓人地大笑起来，他走在她旁边，像平常一样脚尖微微抬起，手里提着她的小衣箱。旁观者一定会得出这样的结论，他是个受姑娘们欢迎的人，不管他在男孩们中间是多么缺乏人气。

陪着阿特·詹宁斯的是一个娇小的姑娘，由于他身形巨大，所以他们这一对看上去很不协调。而且，她看上去像是那种很会找乐子的娇小姑娘，而他却是个特别害羞的人，这又是一个不协调的地方。

接着走来的是史蒂夫·麦肯齐，大家不得不承认走在他旁边的那位姑娘确实称得上丰腴二字。哪怕是穿着定制的春装，你依然能看出她有一对傲人的双峰和滚圆的臀部——最有趣的部分是麦肯齐没有了他那向来的镇定：他看上去可怜巴巴的、忸忸怩怩的，因为他不得不把这么一位天仙展示在众人面前。

另一个惊奇是亨利·韦佛居然也带来了一个舞伴——一个货真价实的姑娘，不是特别漂亮的那种，但长相绝对是看得过去的，她挽着他的胳膊，裙子围着她那双绝对上得了台面又极富少女气息的腿优雅地摆动着，就好像大家都不知道亨利·韦佛是个同性恋似的。

当格罗夫看见巴基·沃德和波莉·克拉克从一号楼拱门处走出来，他很注意地不盯着他们瞧。反正她的脸一开始也在阴影之下，所以他并没有错过什么；等到他仔细地看了看，他发现她是个干净整洁的好姑娘，既非特别漂亮也非特别娇弱，所以不能保证沃德会一直这样领着她往前走，看上去他多么投入、多么庄重。

所有的地毯和诸多家具都从克内德勒家的大客厅里搬走了，这使得客厅更显宽敞。这里似乎足足有一百个姑娘，都穿着晚礼服，看上去蔚为壮观，但更有可能的是，这里只有二十来个。那晚还特意请来了一支小型乐队；他们演奏的全都是经过简单改编的流行歌曲，曲调流畅，节奏感极强，就连格罗夫都觉得自己能翩翩起舞了。但他仍旧僵硬地站在一条靠墙的“光棍线”内，直到巴基·沃德舞到他的近旁，越过波莉·克拉克的肩头朝他挥手。

“哦，”她说着，朝他伸出迷人的光溜溜的胳膊，此时沃德走开了。“你就是比尔·格罗夫。我听过**太多**关于你的事情了。”

“呃，我当然也听过许多关于你的事情。”

她的身材跟他简直是绝配。他一只手搂着她玲珑的后腰，脸颊下面就是她那头清爽芳香的秀发，他感觉自己是个强壮的男子汉。

这是他生平第一次把一个姑娘搂在怀里，虽然他不会向世界上的任何人透露这一点。他旋转着，看见了他原先站在墙角里看不见的一些风景。在房间那头的两三扇黑乎乎的窗口上，趴着几个伸长了脖子做着鬼脸的少年——他们不是年纪太小就是太害羞而没有参加舞会。他们也许会在那里嘲笑他（“嘿，快瞧那个格罗夫！瞧那个格罗夫呀！”），但他立即下定决心不去管那个。

“我恐怕舞跳得不好，”他对波莉·克拉克说，但她只是微笑着朝他翘了翘那张好看的脸，告诉他他跳得很好。这鼓舞了他把她拉得更贴近了，而她似乎毫不在意。

“我想巴基有一个像你这样的好朋友实在是太好了，”她说道，“他从来没有真正拥有多少朋友。他小时候体弱多病，你知道的，他……”

“是的，我知道。”

“……他从来也没有过正常的——你知道——正常的童年什么的。”

“是的。”

看着一对对舞者，他一直在想男人们是如何隐藏住那不可回避的勃起的；现在他认识到其实根本不需要隐藏：就让它斗志昂扬地对着姑娘好了，除非她是个傻子不然肯定会注意到的；等到它完全挺立时，你可以把它当成一根勇敢而温柔的指挥棒，引领她在舞池里转圈子。

“你不必道歉，比尔，”她说。

“嗯？”

“我说你不必为你的舞技道歉；你跳得很漂亮。”

沃德走回来，拍拍格罗夫的肩膀。格罗夫微笑地看着她说：“待会儿见，波莉。”随即走掉了。沃德哥哥的那件燕尾服是双排纽的；在他走回“光棍线”时，没人能看出他下面的隆起；突然之间，尽量和更多的姑娘跳舞成了首要任务。他最想要的姑娘是伊迪丝·斯通，但她和拉里·盖恩斯在一起显得那么开心，所以他不敢造次；更何况，常识明确告诉他在一个六年级学生跳舞时是不可以“抢人家舞伴”的。那样就差不多只剩下一半姑娘了，他鼓足了勇气去撞大运。

“哦，你是皮埃尔的室友，”在格罗夫走近时，凡·卢恩的女伴说。“见到你非常高兴。”

接着，他又试了詹宁斯那个娇小的姑娘，之后还试了另外两三个；他感觉自己像个骄傲、大胆的大众情人，一个攻无不克的情场老手，在这间令人目眩的舞厅里俘获了无数芳心。

乐队开始演奏一支华尔兹，他退回到墙角等待它结束——他知道自己永远也学不会那么复杂精细的舞步。他站在角落里看着亨利·韦佛搂着他的姑娘从身旁转过去，就像一对专业的交际舞舞者，这让他觉得心神不安。韦佛的那双粗壮的、踢足球的腿可以胜任华尔兹所要求的任何一种精致的舞步，而且不仅如此；他那个漂亮的舞伴似乎完全放松地任由他带领着旋转漂移。

不过很快音乐又恢复到那种单纯的慢节奏里去了，于是他再次抢走了巴基·沃德的舞伴，带走了波莉·克拉克。

“你好，比尔，”当他把面颊贴住她那湿润的太阳穴时，她嗫嚅道。他一连跟她又跳了三四支曲子，直到乐队奏出《晚安，宝贝》那舒缓的开始部分，这代表舞会已进入最后一首乐曲。在这首歌的开头几段过后，有人灭掉了灯火，他们在黑暗中缓缓移动慢慢旋转。格罗夫知道此时在这个大舞池里一定有很多人在接吻爱抚；他想把波莉·克拉克的头往后面扳，然后亲吻她的嘴，可是他没有这份胆量。他只是紧紧地搂住她，他们只是随着音乐微微地挪步，在该转弯的地方转弯，她似乎是在两人衣服的限制范围内尽可能多地把自己的身体贴住他。越过她的肩膀，他看见场外巴基·沃德那模糊紧张的身影正紧盯着黑暗的人群，寻找着她。他考虑把她还给他，但随即又改了主意，反而带着她往舞池中央的最深处跑，然后他们就站在那里紧紧相拥，微微摆动着身体。害羞地，但同时也带着一种毋庸置疑的骄傲，她把屁股向前顶。他知道在女孩阴部的顶端应该有一处甜美坚硬的小丘，那是个密林繁茂的地方，但他做梦也没想到自己可以在萨克斯管的呜咽声中顶着它、擦着它。这简直美得令人难以置信。

梦幻包围着你；
我会在每一个梦中抱着你；
晚安，宝贝，晚安。

还不到一个礼拜，格罗夫就在他信箱的玻璃门后看见了一个蓝色的小信封。

沃德站在他旁边问：“呃，你有信来了。”随即就走开了，好让格罗夫一个人看信。

“……我想要再次告诉你，”是波莉·克拉克整洁的小姑娘的笔迹，“遇见你我有多开心。费城其实离纽约也不是非常远，所以我们也许还有可能什么时候再见面的……”下面的一段有些前言不搭后语，接下来是：

“我很喜欢巴基，但我并不属于他。我希望你能明白我想要告诉你的……”

格罗夫飞快地看完信把它塞进了口袋，开始觉得自己是个了不起的人物。接下来的一整天里他都回避着沃德，直到日落时分沃德在学长俱乐部里堵住了他的去路。

“那她说什么啦?”他问。

“嗯?”格罗夫觉得脸上一阵潮热。

“哦，得了，这笔迹无论跑到哪儿我都认识。她说什么啦?”

“没什么。只是说见到我很高兴之类的。”

“你会回信吗?”

“呃，我——肯定，我想会的。”

沃德看上去像身体不舒服一样。“这完全取决于你，”他说，“你回信还是不回完全取决于你。”然后他转过身去，耸着肩膀经过台球桌走掉了。

“不，听着，嘿，巴基，”格罗夫追过去说，“听着——等一下嘛。”

“想谈谈吗?”沃德眼睛也不看他地问道。“要去外面吗?”

俱乐部后面的那张长凳空着，于是他们默默地在那里坐了许久，抽着烟，那个敏感的道德问题悬而未决。格罗夫知道他很有可能会让步——似乎没有别的办法来解决这个问题——但他还是想让这紧张的空气再持续一会儿。随着时间在沉默中分分秒秒地流逝，他享受着自己凌驾在沃德之上的那种优越感；而沃德也似乎颇为自在，尽管那是一种扭曲的自在。

最后，格罗夫看着沃德那张显然很愉快的脸觉得不耐烦了，开口说道："你看：如果你不希望我回信，我就不写了。"

"这种事**不能**因为是我不希望你怎么怎么……你不明白吗？"

"那好吧，是因为我自己不想回信，"格罗夫说，"那样总好了吧？"

"好了，"沃德说，"好了，谢谢。"他的表情看上去像是后悔说了"谢谢"，但说出去的话是收不回来的。

还没过去一个小时，格罗夫就已经开始感受到了一种失落感，他孤独地散着步，想着波莉·克拉克。

就在接下来的那个礼拜，他们之间又有了新的麻烦。又到了分配双人宿舍的时候，格罗夫已经悄悄地取得了一场胜利：休·布里特同意在下一年做他的室友，而且几乎也没费他什么口舌。

他想到了沃德也许会觉得有些受伤或者嫉妒，但他没想到在三号楼外碰巧遇见沃德时他脸上会有那样的神情。看来这件事的后果比波莉的来信风波更严重。

"我们走一走吧，"沃德嘟哝说。他们走了很长一段距离——穿过医务室，来到树林里，爬下一道长长的小丘，一直走到架在一条闪闪发光的小溪上的小木桥。

这是个可爱的地点——这样的地方适合情人们幽会，他们可以在这里讨论一下棘手的处境，但结果基本是以卿卿我我告终。麻烦就在这儿：这是个谈情说爱的地方，而不是让巴基·沃德这样的人来展示他们那沉默忧伤、易受伤害的孩子气的。

"是这么回事，比尔，"过了很长时间后沃德说道。"当我看到双人房名单上你的名字和布里特在一起时，我觉得——呃，我觉得很失望，仅此而已。"

"是嘛，呃，我很抱歉你有那样的感觉。"

"关键是，我以为你我是——你知道，最要好的朋友——我多少还估计我们会住在一起的。仅此而已。"

格罗夫不知道说什么好。他想向沃德保证他们还是"最要好的朋友"，但那样如果沃德误以为他改变了和布里特合住的主意那他就该死了。他想起了波莉·克拉克的话——"我并不属于他"——感觉好像沃德也想让他变成为他的所有物。更有甚者，他讨厌被带到这么浪漫的一个地方来进行这么尴尬的一场对话。

当他看到拉里·盖恩斯和伊迪丝·斯通手牵手地从树林里走出来慢吞吞地走回学校去时，他感觉更糟了。这是一段真正的浪漫，两个真正的恋人，他们的出现是对发生在这里的其他该死故事的绝佳嘲讽。

他们相互间害羞地打了声招呼——"嗨"；"嗨"——接着拉里·盖恩斯和伊迪丝·斯通就过了那座小桥继续朝校园走去。

伊迪丝曾经期待那天下午会发生那种事，所以她带着他过了桥来到了那片空地，但他们在那里几乎全部的时间都只是坐着谈心。这已经是她的第三或第四次期待了，但结果还是什么也没发生。拉里喜欢用低沉亲热的语气说一大堆情话，也喜欢吻她，在接吻时还常常用一只手抚摸她的乳房；有时候他也会用一只手抚摸她的后背，另一只手沿着她的大腿内侧往上摸，但他总会突然收手；他总是喘着粗气突然把手拿掉，然后说出“哦，上帝，我爱你，伊迪丝”之类的话。

她会立刻积极地响应，说她也爱他，说爱他要爱得发疯了，但他似乎只要有这些爱的誓言就满足了。她知道应该还有更多内容的；他们的关系绝对需要更上一层楼，因为距他出发去海外只剩下没几天了。

接着突然间就到了他离校前的最后一天。明天他就要奔赴他自己选择的命运，穿上水手服去纽约就职。此时他在斯通家下意识地展示了一下他的制服，为了伊迪丝和她的父母，为了罗伯特·德里斯科尔夫妇和一屋子羡慕他的少年；一件崭新的利维夹克和牛仔裤，一顶深蓝色的编织“水手帽”低低地戴在一侧眉毛的上方，一双橡胶底的工作鞋。

“你看上去像是已经到了公海上，拉里，”罗伯特·德里斯科尔说。“你看上去好像除了德国佬的潜艇外没有任何东西能搅了你的好心情。”

很快别的孩子就回宿舍去了，德里斯科尔夫妇也回家了，也到了斯通博士和他太太上楼去的时间。

“好了，拉里，我们祝你好运，”斯通博士说着和他握手，“我们肯定会想你的。”

“谢谢您，先生。”

只剩下拉里和伊迪丝了。他们立刻搂在一起扭动了起来，直到伊迪丝说：“哦，我们没有可去的地方吗？”

拉里·盖恩斯仔细地考虑了一下。“好的，”他最后说，“我们可以去学长俱乐部。”

可在挽着她的手臂穿过四方院的一路上，他不得不与内心突然升起的一股恐慌抗衡。他还是个童男。他原本的计划一直是在阿尔及尔或商船队带他去的某个地方和某个不知名的姑娘破了童男身——他甚至还设想过在回到伊迪丝身边之前他要想方设法学会各种性技巧——不过现在他的这个美妙计划破产了，因为她在对他施压；她想要他；除此之外没有任何东西能让她满足。

一年多来，他一直在床底下的简易橱里藏了一本插图版的《婚姻生活指南》，就藏在叠好的床单中间，但他没能从中学到很多知识，因为每当他阅读那些色情的文字，再加上那些图片，他都会忍不住手淫。之后他会觉得自己简直下流透顶——一个学生会主席真的能做手淫这种事情吗？——他就会再把这本书藏起来，发誓永远不再碰它，直到下一次情难自禁之时。

此时，他们走在黑暗的树林下，为了鼓舞士气——或者是为了好运——他说道："我爱你，伊迪丝。"而她则像以前一样，说她也爱他。

学长俱乐部里月光盈盈、阴影幢幢。空气中弥漫着许多香烟的蓝灰色烟气，在皮沙发周围和壁炉旁有冬春季节燃烧原木留下的萦绕不去的微弱气味。

伊迪丝脱掉了鞋子——光看这个就已经是美丽的视觉盛宴了——然后双手撩到后面去解衣扣，在她忙着这些事的时候，一大把头发垂了下来遮住了她的半边脸。

他勉勉强强地脱去了水手服，直到最后一刻才想起来摘掉头上那顶该死的"水手帽"；然后他和伊迪丝就一丝不挂地搂在一起走向了沙发。他帮助她在宽大光滑的垫子上平躺了下来，他从抚摸她肉体的手感上立刻就知道了一切都会顺利的。

在他第一次真正地插入时她发出一声低低的呜咽，可能是觉得疼或者是快感，也可能两者皆是，也可能两者皆不是，他几乎想停下来问她“你没事吧”，但他没有，因为继续进行似乎更好一点，要建立并维持好一种节奏，那样才能使她得到同样的快感——哦，好的；现在她进入了状态——很快他们就什么也不在乎了，完全沉浸在纯粹而猛烈的性爱之中。

现在也许是午夜，也许是正午。整座多塞特中学和这间学长俱乐部似乎都蒸发在树林里了，就连树林本身也可以消失，在他们看来；他们在彼此的需要中战胜了时间与空间，他们相互配合着到达了世界的中心。

事后，他们久久地躺在一起窃窃私语，说着没有任何人有权倾听的情话，渐渐地，周围的环境再次把他们笼罩住：一座烟雾缭绕的俱乐部，一所预科学校，务必要赶上的清早八点钟的那趟火车。

“……找不到我的帽子了，”他穿好衣服后低声说着，一边在阴暗的地板上摸索着。

“哦，你一定要找到你的帽子，拉里；它可爱极了。”

“你什么意思，‘可爱极了’？”

“你以为只有傻姑娘才会说这种话吗？好吧，我不在乎；从现在起我就是这个世界上最傻的姑娘，反正你都会爱我的……嘿，拉里？”

“怎么啦？”

“在这儿呢。你叫它什么来着。你的水手帽。在壁炉里呢。”

“真见鬼，它跑到壁炉里去干什么？”

“我不知道。不过如果你真的开心我找到了它，你知道你该做什么吗？你该过来再抱我一会儿，只要一小会儿。”

他们站在她家月光下的房门口又缠绵了十来分钟，彼此发誓要常通信、要彼此等待，说了一遍又一遍，把彼此心里最想听的话都说了个尽。“好的，宝贝，”在离开她之前，他一再吻着她的嘴唇和秀发嗫嚅着说。“好的，宝贝；好的。”

在回寝室的路上，他意识到自己以前从未称一个姑娘“宝贝”，仅这一点——更别说他们的肌肤相亲了——就使他兴奋地感觉到自己已是个男子汉了。

几乎没有什么训练。在他离校后不到两周，拉里·盖恩斯就签了合约，上了一艘开往北非的有三十名船员的油轮，由于装满了军用汽油，所以油轮在大海上航行时吃水很深。

在离纽约港十英里的地方，大约在凌晨两点，油轮突然起火爆炸，对其原因从未做过调查或说明。船员无一生还。

几天后消息传到了多塞特中学，不过并没有一下子全面铺开。它沿着四方院偷偷潜行，从一群目瞪口呆、难以置信的听众传到另一群；它悄悄地潜入职工家庭，潜入职工太太们的厨房间；它潜入医务室后又去了垒球场，然后又去了田径场，最后再折回来去了学长俱乐部。有不少人听到这个消息后的第一反应是脸上露出不相信的傻笑——随即迅速地用手盖住笑容。“我无法——这也太——我无法相信，”他们反复说着这些话。“拉里·盖恩斯？”到那天下午三四点钟，这条消息已是尽人皆知。

“……出事的时候他肯定在睡觉，”罗伯特·德里斯科尔说。他头枕着手俯卧在床上，他老婆在帮他按摩头颈和肩膀。“在晚上那种时间，船员们肯定都在睡觉，除了那个乱扔他妈的烟头的家伙，或者是乱搞他妈的保险丝盒子，或者无论什么能让整艘他妈的船爆炸的他妈的事情，哦，万能的主啊，玛吉。哦，老天。哦，万能的他妈的主啊。”

“我知道，亲爱的，”她说，“我知道。”

麦拉·斯通独自坐在客厅里，在她的膝头用力地扭着一块湿答答的手绢，感觉所有她爱过的人都弃她而去。难道生活就是这样的吗？难道连安慰你自己悲伤的孩子都不可以吗，只因为你老公说“你自己也太伤心了”？一切总是这个样子的吗？这种遭人排斥的痛苦，这么凄凄惨惨的孤独，难道永远也没个头吗？

伊迪丝被打了一针医生所谓的强力镇静剂，然后被放到楼上的床上，可是不管用。每隔十五到二十分钟她都会奋力从床上坐起来，然后用掌心狠狠摩擦脸部，好像是为了摆脱睡意，嘴里嘟囔着“哦！……哦！……哦！……哦！”在这种时刻，她的眼睛和嘴看上去像是她已经疯掉了。

她父亲把她搂在怀里，帮助她重新躺回到枕头上，直到她平静下来。“你还有一辈子的路要走，伊迪丝，”每一次他都会那么说，“你还有一辈子的路要走。”

在楼上《纪事报》的办公室里，空气里弥漫着一股浓烈的香烟味和奉献精神。戈尔德先生同意在开学号的头版上辟出一块空白来安插一个两列三寸的大黑框，他甚至还同意由他亲自来做手工排字，但他必须在五点钟前拿到清样，现在只剩下二十分钟了。格罗夫已经写了四份草稿，但布里特觉得它们全都不行（“格罗夫，对这种事你不能用‘我们在此发布’这种字眼；你不明白吗?”）。他们已经争论了一个多小时，地上扔满了揉皱的纸。后来布里特傲慢地答应由他自己来试试，他握着铅笔皱着眉头，他那集中思想的能力总是令人羡慕，一边还用空闲的那只手遮挡住文稿不让格罗夫看。“不行，”他最后说，随手把文稿给撕了。

“嘿，拜托，布里特。我连看一下这该死的东西都不可以吗?”

“有什么意思呢? 反正写得不好；还没你的任何一篇好。而且，这也不是我的工作。你是主编；还是你来做。”

“狗屁，”格罗夫说，“狗屁。”

他已经沮丧疲惫得快要哭出来了，但是对文字的高标准严要求还是不容许他做任何妥协。他坐了下来，面前放着一张干净的纸，还有桌上唯一一支没有断掉钝掉的铅笔。他知道布里特会凑近他的肩头，看他写的每一个字，因此他写得务必小心，以保证每个字都清晰可辨。

对一九四三级的同学们来说，这是个阴暗的开学典礼。劳伦斯·梅森·盖恩斯，该年级的优秀学生，多塞特中学有史以来最优秀的学生之一，于上周为国捐躯。年仅十八岁。

“这样可以，”布里特冷静地说，“这样可以；接下来再写第二段。你已经上了轨道，比尔。你已经上了轨道。”

第七章

在接下来的秋季，一九四四级的学生就突然进入了六年级——成为了学长——而他们中大多数人还没有做好心理准备。学长们总是很有尊严，有男子汉气概，是拉里·盖恩斯这种人的合适伙伴，要达到这些标准对他们来说似乎难于登天。

有些人干得不错。休·布里特被选入学生会，成为一个模范的学生领导，尽管有人说他有点冷漠。吉姆·波莫罗伊和史蒂夫·麦肯齐也加入了学生会，还有格斯·杰哈德。只要你有格斯·杰哈德那样高大的身材、运动员的威猛和英俊的脸蛋，那你肯定能顺理成章地进入学生会，哪怕你像杰哈德那样反应迟钝、性格抑郁、恃强凌弱。

那一年的学生会主席是个不符合常规的选择：由一个矮小的、头发乱蓬蓬的、叫戴夫·哈钦斯的少年担任，此人在体育和学习上的天赋只能说平平而已，他看上去比实际年龄小，而且似乎对自己不是很有自信。他的优势在于每个人都喜欢他，因而不同寻常地获得了大量的低年级选票。

“我知道你很忙，”十月里的一天下午，戴夫·哈钦斯对格罗夫说，一边跟在他后头去楼上的《纪事报》办公室，“但我想请你为我必须要做的一篇演讲出出主意，不知道你有没有时间。我想我已经把这篇文章组织得很好了，但还是需要一点——你知道——一点帮助。”

“当然可以，”格罗夫说，虽然他不会承认，但心里确实觉得很享受。“让我看一看吧。”

他们看见洛萨·布伦德斯一个人坐在办公室里，从他写的一堆乱糟糟的幽默栏草稿里抬起头来。哈钦斯和布伦德斯是一对好友，因为他们都是十四岁，同在三年级，而且是去年的室友；不过今年，为了与他在学校里的学生领袖的身份相符，哈钦斯选择了和格斯·杰哈德同住。格罗夫仔细观察他们在打招呼时的神色，想找到一丝尴尬的蛛丝马迹，可是没有，他猜这是因为像布伦德斯那么友好的一个人是不会对一个像哈钦斯那么友好的人心怀怨恨的。

这是格罗夫在学长级的学生们身上发现的一个有趣之处：他们互相之间非常**友好**。他们甚至不会对亨利·韦佛或班级里其他几个被大伙孤立的家伙表示公开的蔑视，尽管他们当然也希望这些家伙会主动和他们保持友好的距离。

“你的演讲是关于什么内容的，戴夫？”布伦德斯问。

“啊，是克内德勒让我做的。是关于——你知道——我们陷入的财政困难。我是说，学校陷入的财政困难。由他进行主旨演讲，在感恩节家长会的时候，他还希望我能进行一小段演讲。不用很长。他给了我一个主题——‘如果我们失败了’——然后他就其余的内容足足跟我谈了半个小时，可我发誓他说的那些该死的东西我连一个字都没听懂。”

格罗夫在检查哈钦斯写的三张草稿。“知道你该干什么吗，戴夫？”他说。“你也许该研究一下莎士比亚。”

“研究莎士比亚什么？”

“你知道，在那个叫什么来着的剧本里，在《麦克白》里面：‘如果我们失败了呢？’‘我们失败。只要你鼓足勇气坚持下去，我们就不会失败。’[1]”

“不，我不知道，”哈钦斯说，“我不喜欢这句。我不喜欢什么‘鼓足勇气’。”

“而且，这完全牛头不对马嘴，格罗夫，”洛萨·布伦德斯说。“看在老天的分上，戏里这两个人正在策划一场谋杀。你看不出区别吗？”

最后他们终于把哈钦斯的演讲弄得还说得过去——感恩节来校的家长们会理解，现在迫切需要他们提高财政支持——然后，在哈钦斯走后，格罗夫回过头来问布伦德斯：“这一切到底是怎么回事呀？这所学校要倒闭了吗，还是别的什么？”

“该死，谁知道呢？我知道我父亲已经在找别的工作了。”

“是吗？”

“从去年春天就开始找了。但那不容易。我是说北康涅狄格不是一个厨师能找到好工作的地方。我还听说克内德勒要求全体职工接受减薪，但他们回绝了他。他们也都开始找新的工作了。”

“是吗？”

1　出自莎士比亚《麦克白》第一幕第七场。

“斯通博士告诉我他们开了个职工大会，他们在会上又吵又嚷的，就像一群疯子——他就是这么说的——他还说他们都觉得恐慌了。”

“他这么说的?”

“是啊，你真是个滑稽的家伙，格罗夫，”洛萨·布伦德斯说着，回头继续弄他的幽默专栏。“我是说你文章写得很好，你总是能让报纸准时出版，但有很多时候你简直对身边的事情一无所知。”

理查德·爱德华·托马斯·里尔在十一月份加入了加拿大皇家空军。在他离校前最后一天的聚会上，他在大家的掌声中独自站了起来，抿了抿湿润的嘴唇，皱起的眉展示了志愿者精神。

几周后，皮特·吉鲁也得到了同样的掌声，据说他几乎没有一门功课合格，所以他决定立刻加入美国海军陆战队。

这些人的离校仅仅只是个开始。那年的政府法令规定每个男性公民在满十八岁时必须去征兵处登记。对于高中毕业班的学生还有另外一项规定：如果你的生日在一月份前，你可以在那个月里登记；如果晚于一月，政府允许你继续待在学校里，直到正常的六月毕业时。在多塞特的毕业班中有三个人属于第一类，他们参加了夏季班的学习，准备在冬季毕业；在一个星期五的下午，他们参加了临时的毕业典礼，取得了毕业证书。

巴基·沃德是三人中的一个，为了庆祝这个日子格罗夫在那天晚上陪他在《纪事报》办公室里待到很晚。他们自觉地把一瓶偷带进来的威士忌你一口我一口地传来传去（它的味道那么糟糕，格罗夫根本无法想象它有本事带给他们欢庆的喜悦，更别说麻醉他们的灵魂了)，但他们俩那天晚上过得都不愉快。沃德刚收到波莉·克拉克的一封来信，他固执地称之为分手通知——她已经和一个空军军官学校的学生订了婚——为此他已经愁眉苦脸了好几天。

“我不在乎了，”他不止一次这么说，“我不在乎我在部队发生什么事，或其他什么的。如果他们要登陆法国，我不在乎把我安排在第一批抢滩的他妈的步兵里。我不开玩笑。”

“哦，别扯了。”

“你什么意思，‘别扯了’？我不过是在告诉你我的感受。”

“是的，是的，好吧；不过见鬼，巴基，每个人都想活着。”

“敢打赌吗？你听着：对我来说，生命是需要某些条件的，如果没有那些条件，那我就不会在乎自己的生命是否还能继续下去。”

他们俩就一直像这样谈啊谈，谈到午夜已过，谈到格罗夫眼皮搭在了一起。最后他两只拳头揉着眼睛说：“老天，巴基，你要死了。”

沃德眯起眼睛看着他。“你这话到底是什么意思?”

“你明天在回家的火车上会累死的。你他妈的以为我会是什么意思呀?”

“我不知道。我已经对任何人的任何说法没有任何更多想法了。”

沃德离开后，格罗夫终于可以自由地把自己奉献给休·布里特了。他们成为室友本来似乎有一个很光明的前途，但问题很快就出来了：一个叫韦斯特法尔的小男孩，是德国难民，他因为在毕业班里优秀的物理成绩而成为布里特的主要竞争对手，由于此人的存在布里特可以分给格罗夫的时间就十分有限了。

韦斯特法尔说的英语带有刺耳的口音，似乎只有布里特能听懂他的话，但他显然是个“有文化的”孩子，不管格罗夫会为自己制订怎样的计划，在“智力水平”上都是无法超越韦斯特法尔的。

他们三个都害怕冰球，于是他们和许多同学一起选择了“露天溜冰”的冬季运动项目。这意味着在寒冷的午后他们会在陷入混乱的冰球场外绕着大圈轻松自如地溜冰——或者说只是并肩一直说话，布里特和韦斯特法尔就是那样做的，他们总是溜在格罗夫前面，并和他保持至少三十英尺的距离。格罗夫扭着凹陷的脚踝在那里跌跌撞撞，一边还骂骂咧咧的，觉得自己运气奇差，还诅咒自己虚弱的心脏，而鹰队和海狸队正在旁边的冰场上杀得热火朝天，杀得围栏不住地颤抖。

有一件好事：巴基·沃德曾是一号楼三楼的舍监，大部分毕业生都住在那儿，现在格罗夫被指定去替代他。其实没什么事好干的——毕业生太成熟、人太好，是不会制造出什么真正的麻烦的——但格罗夫喜欢这工作。

“把灯灭了！”每晚熄灯时他都会一边沿着走廊走一边喊，然后一转身，沿着另一条走廊，“把灯灭了！”他会检查每一个房间，看看是否有人不在。从来没人不在。他会站在楼梯口等德里斯科尔来例行检查——“一切都好，先生”——接着他会悠然自得地踱回到他和休·布里特的房间里，感觉好得不行。

还有一件好事是那个韦斯特法尔，不管他是一个多么活力四射的学生，也不管他是一个多么矫健的溜冰手，都不可能做到让《纪事报》每隔两周准时出版。连布里特也不得不承认这份报纸越办越好。文字更为鲜活，编辑更为可靠，在每一期报头底下的社论，在格罗夫看来，简直就是一篇篇优秀散文的范本。

“呃，可你为什么要在那该死的事情上花那么多时间呢?”布里特问。“你何苦要这么卖命呢? 反正这所学校都要倒闭了，大家都知道的。等到战争结束，你认为会有哪所大学在乎你曾经为一所已倒闭多年的没有什么名气的学校办过校报呢? 你为什么不在成绩上多花点心思呢，比尔?”

布里特近来几乎总是叫格罗夫“比尔”，仅这一点就够鼓舞人心的了。每当他缩回去又叫他“格罗夫”时，格罗夫就知道自己一定是在昨天或前两天说了什么蠢话，有时甚至会因为拼命回想说了些什么而睡不着觉。

很快就到了毕业班参加大学入学考试的时候；由于多塞特的地址要比布莱尔女校偏僻，所以当局决定让这些男孩子们去那里参加考试。

这决定让人有些激动。除了格斯·杰哈德，他对那个地方是了如指掌的，但他从来不跟别人说，其他人只知道伊迪丝去年从那里毕业，此外就对布莱尔女校一无所知了；不过大家不就有理由相信那里都是像她那样的姑娘了吗? 她们会有一头干净的长发，她们会穿着法兰绒的薄裙和开襟毛线衣在校园里漫步，她们会把教科书抱在年轻的胸口，对他们说着迷人的事情，比如：“嗨，我叫苏珊。”

多塞特的男生会和一房间的女生一起参加入学考吗? 他们会留在那里吃午饭吗? 考完后会有时间和姑娘们一起溜达溜达吗，先从认识开始，然后在不久后的某个周末也许有机会“约”她们出来?

在一个冷冽的清晨，一辆黄色的长巴士在一号楼前面等着他们。没开多长时间就到了布莱尔女校；他们到得实在太早了，实际上，校园里的大部分地方还弥漫着一片晨雾。不过巴士把他们放下来的那幢楼还是能看清楚的：二楼有一个长长的阳台，有十来个姑娘站在那里，倚着胳膊身子向前倾，她们全都穿着睡袍，有几个头上还插着卷发夹，她们对着楼下人行道上前来做客的小伙子们微笑唱歌。这情景本来非常美妙，但他们很快听出了她们唱的小夜曲的歌词，用的是《倔犟的龙》[1]的曲调：

我们是多塞特仙女[2]

哇—哦；哇—哦……

姑娘们只想出了这么两句词，所以在男生们从下面走过朝考试的底楼走去时，她们像一群叽里呱啦的淘气的小孩子一样反复地唱着。

这不公平。多塞特中学是所滑稽的学校——大家都知道；不过“多塞特**仙女**”？她们的脑瓜里怎么会跑进去这种东西的？格罗夫挺直肩膀雄赳赳、气昂昂地走过去，以此证明自己不可能是仙女，他还看见走在他前面的戴夫·哈钦斯也采取同样的姿势。他迅速地朝四周望了望，看看别人有何反应，只见格斯·杰哈德走在这支惨不忍睹的队伍的最后面，傻乎乎地红了脸，就在此时有个姑娘的喊声

1　一九四一年的一部美国动画片。

2　仙女（fairy）在英语中有男同性恋者的意思，含贬义。

穿透了歌声飞了下来："哦，不是说你，格斯；不是说你……"

在他们参加考试的那间教室里没有一个姑娘。他们考了整整一个上午，考试内容比他们大部分人预料得要难许多，而且也没有把他们留在布莱尔女校吃午饭的安排。他们爬回到巴士上——楼上的阳台已经没有一个姑娘了——怀着新得来的恶劣认识（"滑稽的学校"这个词原来也可能指这个意思）回多塞特中学去。没有人想谈那里的姑娘和她们唱的歌，之后也从来没谈过。

自战争开始后，在康涅狄格州的那个地区每年都会进行三到四次的防空演练；到现在这早已成为多塞特的一种常规，就像小学生做的火灾逃生训练。不过那也是件麻烦事：教员们不得不把自己家的客厅改造为给这一大帮孩子用的"防空洞"，罗伯特·德里斯科尔不得不像一个防空督察员那样在校园里到处转，学生会要全体出动去各个"防空洞"点名，然后再出来巡视还有没有尚未熄灯的地方。

1944 年的春天也举行了一次防空演练，那次演练对戴夫·哈钦斯来说一切都不顺利。麻烦是从那天下午开始的，当时他的室友格斯·杰哈德看见他正在往一只手电筒上装一个锥形的深红色塑料套。

"你做那个干吗?"杰哈德问。

"为了今晚的防空训练。"

"该死。他们想干吗，今晚从柏林派远程轰炸机过来吗? 或者从东京派过来?"

"得了，格斯。不过是一桩必须要做的任务而已。"

"谁说的?"

“呃，见鬼，反正不是**我**定的。”

“不是你吗？我还以为这里**所有的**规矩都是你定的呢，主席先生。”

“听着，”哈钦斯把手电扔到床上说。“你偶尔叫叫我‘主席先生’也没什么关系，我知道你是在开玩笑，可现在这变得越来越讨厌了。”

“哦，”杰哈德扭过头去看着灰色的窗口，“好吧，对不起了，主席先生。”

整个晚饭时间里他还在那儿不依不饶的。“你们等着看我们的主席今晚的行动吧，”他对毕业班的另外几个同学说，故意说得让哈钦斯能够听见。“你以为他会让敌人的远程轰炸机把我们炸成齑粉吗？做梦。他决不会让敌人的远程轰炸机把我们炸成齑粉的。”

等到演练开始，哈钦斯已经吓得发抖了。他发誓今晚决不冒险表现自己，让人以为他是在仗势欺人，为了遵守这个对自己的诺言，他与别的学生会干部保持着远远的距离。他关掉了手电，一个人站在四号楼外的黑暗中，逃避着自己的责任，等待这件该死的事情快点结束。就在那时，德里斯科尔老爹向他走过来说：“戴夫？是你吗？”

“是的，先生。”

“那边的那帮家伙怎么还没灭灯呢？”

哈钦斯明白他的意思。在那边的二号楼前面，越过整个四方院，可以看见聚集在那里的学生会成员用手电筒射出一道道尖锥形的红光，如在黑暗中燃烧的香烟。哈钦斯已经在这里站了十分钟，听着远处杰哈德那如喜剧演员一般富有节奏感的声音，说着一句句俏皮话，他还听见在意料之中的停顿中他们的笑声升起来，再慢慢平息。

“嘿，你们这帮家伙！”德里斯科尔喊着。“把那边的手电灭了！快灭了！”

但他们远在四方院的那头，听不见他的声音；那天晚上风大，树叶发出很响的沙沙声。

“戴夫，”他说，“你跑去那边告诉他们把灯灭了，好吗？”

要是能让哈钦斯鼓起勇气说“**你去；你去**，老爹”，他什么都愿意做，可他只得穿过黑暗的石板路慢悠悠地向那边走去。“呃……”他走近他们说，可那只是带来了他们的一阵快乐大合唱“呃……”；“呃……”

“听着，”他说，“德里斯科尔先生希望你们把手电关了。”

“好的，主席先生，”有几个人说。

他在听到这句之前就已经转过身去，向四号楼跑回去，但他没有成功；他不得不在四方院的正中间停了下来，手心捂住脸哭了起来，他只希望大树能够遮掩住他那低沉的呜咽。

别的学生会主席也有过他这样的经历吗？似乎不太可能。

对德里斯科尔来说，防空训练最烦人的地方是它打破了让孩子们上床的正常程序；有时候要等熄灯后的一个多小时所有的寝室才会安静下来。不过今晚他的巡视似乎相当顺利：直到他来到三号楼二楼，才发觉事情不对头。

那里的舍监，一个叫弗兰克·毕肖普的四年级学生，没有在楼梯口等他，等到德里斯科尔走进去看了看两条走道，他觉得心里泛起一阵凉意。一条走廊黑暗安静，可另一条——鲍比住的那条走廊——很是吵闹，从一间房间里泄出一道明亮的光线。是鲍比的房间，德里斯科尔赶忙走过去，鞋子碾碎了几块散落在地上的乐之饼干，他希望他能想起来几句孩提时的天主教祷告词。“哦，上帝帮助我，”他只能想起这一句。

鲍比·德里斯科尔，肥胖的十五岁少年，光着身子，四仰八叉地平躺在床上。他的脸被一个骑在他身上的穿戴整齐的孩子挡住了；另外还有四个穿戴整齐的孩子按住了他的手脚，其中的一个还把他那根又硬又粗的老二捏在手里有节奏地把玩着。做这事的男孩抬起头来——是弗兰克·毕肖普——他受惊的脸上露出一个既尴尬又滑稽的抽搐，说道：“哦——嗨，老爹。”

“大家都出去，”德里斯科尔站在门口说。他的嘴里似乎一下子没了唾液，但他还能说话。“大家马上离开这儿，在自己的房间里等我。我马上就会去找你们的，还有一个忠告：你们最好都给我乖乖地待在他妈的房间里。”

鲍比获得了自由，想要用手遮住直挺挺的老二，飞快地钻进了被窝里，拉好被子，翻过身去面朝着墙。他那头直立的、冒汗的头发向着四面八方伸展出来；看不清他的表情，只看见他的太阳穴和脸颊因羞耻而绯红。

罗伯特·德里斯科尔关上门，在床边坐下，伸出一只手握住他儿子的肩膀。他似乎已经很久没有做过这个动作了。

“听着，鲍比，”他说，“我想要你听我说。这没有关系，你明白我的意思吗？没有关系。不过是预科学校里会发生的一件愚蠢的小事。关键是我不希望你为此担心，鲍比。我不希望你以为自己有什么不正常的地方，或有类似的什么想法，因为你没有什么不正常的，你明白吗？这次是你，下次会是别人。不过是预科学校里的一件小小的傻事，没有关系的。不要为此担心，能答应我吗？你明白我说的吗，孩子？”

然后他走到外面空荡荡的走廊上，手心里全是汗，手电筒拿在手上滑溜溜的。是时候去其他孩子的寝室聊一聊了，一个一个来，就从弗兰克·毕肖普开始；可问题是他不知道该他妈的说什么好。

不过无论如何，有一件事总是确定的：他这辈子都不会把这事告诉玛吉的。

戈尔德先生准备好了所里最大的字体，以前从来没用过，为了满足格罗夫对一九四四年四月二十日那期《纪事报》头版大字标题的要求。

多塞特中学即将关闭

在它的下方，在右手边的栏目顶上，写了三行副标题：

克内德勒称

“无法克服”

财政危机

后面就是一篇报道，完全按照克内德勒的意思写的，在他精读了三遍后终于表示同意，整整有七大段一直延伸到第二版，不透露任何具体消息，也不会使任何人产生不必要的联想。

格罗夫希望自己写的那一期社论里对“我们最为担心的事情终

于发生了”充满了“我们的感想”和“我们的感情”。那不是他写得最好的社论；他连着好几天对愿意倾听的任何人解释，如果他有更多时间就一定可以写得更好的。

等到消息终于发出去后，校园里有了一种尘埃落定的轻松感。在豪奢的崩溃感中，所有的焦虑和恐惧都烟消云散了。

一天早上，玛吉·德里斯科尔在用吸尘器打扫地毯，准备卷起来藏好到夏季再拿出来用，然而她随即又想到：不，等等；我们今年夏天可能都不在这儿了。然后她决定还是把地毯卷起来，因为搬家的货车会把他们的一切搬到他们想去的任何地方的；然后她又有一些小震惊——好像头一次想到一样——她不知道他们会去哪里。

她关掉吸尘器在渐渐平静下来的灰尘中坐了很长时间，反复地考虑着这个问题；她丈夫回来时她还在想，她说：“亲爱的，听着。你能给我一分钟吗？这很重要。”

他告诉她他刚从克内德勒的办公室里来。克内德勒已经找好了工作，到密歇根一所新成立的小型预科学校做校长——他一定已经为此努力了好几个月了，在他的那些拖延战术的“招徕生意”的旅行中——而今天早上，就刚才，他说他了解到那边还缺一个英语教师。

“哦？”玛吉说。

“所以刚开始我想问他那所学校的情况，可结果他其实也不太知道——我想他能有一份工作实在是太高兴了，所以也就管不了那么多了。他能告诉我的只有——你知道——它是‘一所好学校’，噢，他还告诉我他们有校际体育比赛，因为他知道我对那个感兴趣，我当然感兴趣，他还说他说不出他们那边薪水的具体数字，不过他说他可以肯定一定不会差的。”

“我明白了，”玛吉说，一边小心翼翼地把大腿上的裙子揉平。“好吧，鲍勃，你看着办好了。我们以后再好好谈谈——尽管我们不知道多少情况，这实在是太糟了——我想我们也应该和鲍比商量商量，不是吗？他已经不小了，像这样的决定也该听听他的意见。等到我们都谈完以后，由你决定。因为这样的事是由你做主的，鲍勃，我跟鲍比只是帮助你做出决定而已。反正，一切都取决于你。”

“是的，”德里斯科尔神情疲惫地说。他摘下眼镜，闭上眼睛，用大拇指和食指狠狠地捏着鼻梁。“是的，呃，听着。别生气，玛吉，不过事情是这样的。我已经答应了。我是说我已经给密歇根那边的人去了电话，我他妈的已经完全答应人家了。”

三四天后，在去邮局的路上，玛吉理所当然地觉得这也不错。在这个暖和的、战时的春天，有些事情原可比这更糟；毕竟鲍比还没到法定的服役年龄。

“嗨，老妈，”一个年轻小伙在四方院里走过她身边；使她烦恼的是她想不起来他的名字，不过她在回答的那声“嗨”里特意加了那么额外的一点欢快，以此来作为弥补。接着，她看见艾丽丝就在她前面，她急冲冲地跑过去，与她并肩往前走。

“你近来过得好吗，艾丽丝？”

“哦，不错，我想。打了很多字；你怎么样？”

“呃，我们家也打了不少字，”玛吉说。她在撒谎，但她向鲍勃保证过跟谁都不说那个密歇根的工作。

她吃惊地看见艾丽丝·德雷伯穿得这么寒碜，就好像她已经有几个月没在意过自己的外表了。即使现在，玛吉也不能确定自己是否“赞成”艾丽丝和拉普拉德之间的关系——她为杰克觉得十分遗憾，就像大家一样——但那也不能否认艾丽丝在那些日子里的**形象**比现在要好得多；那时和她交往也更有趣。自那以后，她变得那么单调，从里到外都一样单调，所以玛吉打足精神也只能说出这句小小的“你近来过得好吗”。甚至在她们偶尔去哈特福德购物时——艾丽丝以前是那么活泼，老是拉着她一起购物，在回家的路上像两个女学生一样一路有说有笑的——就连这个旅程也变得枯燥了，大部分时间都默默无语，结束后会舒心地吐一口气出来。

“哦，看哪，多好啊，”玛吉在邮局里说，“你拿到一封让-保罗的来信。”

“啊，是的，”艾丽丝用平板的语气说，“这对我来说是个喜讯，是不是？是我生活里的一线光明。”

玛吉觉得——呃，有点生气。艾丽丝是在嘲讽让-保罗吗？难道如今她对**任何事**都要冷嘲热讽吗？一个对世界上的任何事都要冷嘲热讽的人还能期待会有朋友吗？

“那再见了，艾丽丝，”她说。

“再见，玛吉。”接着艾丽丝·德雷伯就慢吞吞地往家走，为了读这封字打得乱七八糟的长达三页的信，行与行之间还没有空行。

“……我依旧还在华盛顿的办公室工作，虽然戴着上尉的杠杠，但职责更像是一个下士。我的同事基本都是服役军人和大学毕业生之类，他们公然对我的军衔和工资表示不满。然而每次我问我们的司令官关于去海外赴职的事，他总是会以一种降尊纡贵的态度用既不是英语也不是法语而是纯正的美式官僚语回答我说：可预见的将来暂无空缺的职位。哦，艾丽丝，你知道我们的首都是多么死气沉沉的一座城市吗？这里只有斯帕姆午餐肉、奶粉、开得慢吞吞挤得吓死人的出租车……

"……艾丽丝，我很不愿意提这个——这只会使我们间的隔阂越来越大——但在你最近的几封来信中有一种冷漠无情的调子，我不知道那是出于什么原因，我也无法理解。比如你说，你已经'厌倦了'为我'感到遗憾'，我只能把这句话理解为你觉得我的不幸很无聊。这是我认识的那个女人的真心话吗？如果是的话，那么滋润了我们这么久的激情和爱情都跑到哪里去了呢？

"当然，我一开始就知道，在我们相遇的时候，你觉得我'浪漫'只是因为你自己的生活很枯燥；所以在我们处在一起的时候，我其实随时都可以说我已经'厌倦了'为**你**'感到遗憾'。你不觉得这很讽刺吗？你能看出其中的不公平吗？

"除非包含了友谊，否则爱毫无意义——如果我一定要从你的来信中体会到你对我的兴趣越来越淡越来越冷，艾丽丝，那我们怎么还能做朋友呢？

"我这么说吧：除非我很快就能收到一封充满了过去的活力、过去的闪光、过去那个我认识的艾丽丝的影子的信，否则我别无选择只能中断我们的通信了。我希望……"

在走到四号楼后面的那块沙地那里，在一只又大又锈的垃圾桶前停住脚步时，艾丽丝刚巧读完了那封信。她把信撕成两片，然后四片，然后八片；然后把它们扔进垃圾箱，回家去了。

几小时后，她开始定心地打字，节奏感把握得很好，几乎没有任何差错，开始觉得有了一种成就感——专业的打字员在入职了几天后，会有这样的感觉吗？——不过她打出来的内容开始让她烦心起来。

杰克·德雷伯上完了那天的最后一节课，刚刚回到了家里。他在厨房里喝着第二杯酒，听见她敲打机器的滴答声突然停了下来。已经几天了——比他料想的时间更长——艾丽丝在客厅里用这台借来的打字机不停地打着字，把他的求职信和个人简历打了好多份。当你填写所有的美国私立中学的名字和地址时——有谁会在乎它们是“好学校”还是“坏学校”，或者是居于两者之间不同种类的“滑稽学校”呢？——为了谋生你不得不列出一张长长的申请学校的名单，那也就意味着有许多打字的活要干。今天，他走进客厅发现，她穿着一条旧的宽松裤，一件以前属于他的磨损得很厉害的旧衬衫，把头发盘了起来，为了工作，用一条不是很干净的人造丝手绢草草地扎了一下。

“杰克？”在他走进客厅时，她回过头来说，但视线似乎还舍不得离开打字机。“你简历的最后一段，就是你解释自己有残疾的地方，还记得吗？呃，我当然理解你为什么要把那个放进去，但你不觉得如果不写这个这份简历会显得更有说服力吗？当然大部分人不会在乎这个的，但也很有可能正巧碰上一个在乎的人，那你就会错失一个工作机会了。”

“哦，”他站在她椅子后面十英尺的地方说，“你想让我隐瞒事实。”

“我一点都不认为这是隐瞒事实。在这样的环境下，考虑到我们的处境，我觉得这么做不过是常识。”她的目光始终没有离开打字机。

“好，”他说，“去它的。我不在乎你他妈的怎么弄。你他妈的想怎么弄就怎么弄好了。”

就连那接二连三的粗鲁的语气词“他妈的”也没能让她抬起头来。她继续打字。他下定决心在他离开这间房间之前一定要让她至少看他一眼，于是他一只手颤巍巍地搭在前门的球把手上，说道：“艾丽丝？”

她心烦意乱地转过身来，一边把汗涔涔的发丝往上面卷到手绢下面。那一刻，她的脸看上去疲惫平庸。

“艾丽丝，我想告诉你，你是个可爱的姑娘。”

他甚至没等到看见她的表情——厌倦？困惑？开心？——就走了出去，关上了身后的门。他的鞋踩着步道上的红卵石向科技楼走去，一边心里想着，我刚才那句说得真不坏。以后，在她想起这句的时候，她甚至可能会认识到这是他说过的最动听的一句话。

等他把自己锁在化学实验室里——这次曾给他帮助的小麦肯齐可不会在这里——他站了一会，适应了一下此地的安静、幽暗和空旷，还有那弥漫在空气里的硫磺味，和多年来这么多这么多孩子们发出的如鬼魅一般的低语。后面哪个地方有只水龙头在滴水；除了它，这里鸦雀无声。

在这间实验室里，宽松地排列着黄色轻质木材的十几把配套的椅子和小书桌，面对着老师的讲台。他选择了靠在墙边的一套桌椅。他估计了一下桌椅的高度，和低矮的天花板下那根蒸汽管的高度。这样的障碍是可以克服的，哪怕是像他这样一个滑稽的小矮子，尽管他每爬一次都必须停下来猛喘几口粗气。先是跪在椅子上，他滑稽的小身体如是建议他。先把一只脚抬起来——不错——再抬另一只。悠着点。顶住墙——稳稳地——站起来。好极了。接下来是桌子。先采取跪姿；抬起一只脚；顶住墙；再抬另一只脚；站起来。哇哦。

笔挺地站在桌子上，从这个奇特的新视角看这间化学实验室，你也许会觉得头晕，但此时世界上没有任何东西能让杰克·德雷伯觉得有什么不舒服。他只有胜利的感觉。

布鲁克斯兄弟商店的一个优势在于它的皮带。它柔软，坚固，英国制，比一般拉住你裤子的玩意强多了。你可以把皮带头方便地穿过一根蒸汽管，然后绕成一个圈，把它拉紧，接着把另一头套在你的脖子上，在一只耳朵底下的那一侧打一个牢固的、完美的结。

"好吧，艾丽丝，"杰克·德雷伯对着空空如也的房间大声说道。"好吧，宝贝，我爱你。"

但他无法做到把桌子踢掉。任何普通人，只要有一双普通的腿，都能在一秒钟内把桌子踢倒，然后就可以往下坠，再被皮带拉住，在空中转圈子——然后就跟整个他妈的世界永远说拜拜了；但杰克·德雷伯只能哆哆嗦嗦地站在那里无奈地活着，用他那双可怜巴巴的鞋子踩着桌子。他可以用一个脚趾勾到桌子的底边，但接下来就没有力气去踢翻它了；他可以用一个脚跟勾到桌子的桌角，但接下来也同样没有力气了。

"行行好吧，"他几乎哽咽地说。"行行好吧；行行好吧。"

他试了又试，时间仿佛过去了半个小时，但其实可能也就十分钟。他不时停下来休息，满头大汗的，喘着粗气，等到恢复了力气，就继续努力。但运气不佳。

“德雷伯，德雷伯，你是个白痴，”他说，“你是个操蛋。你就连他妈的这么简单的小事都做不成。”

他每呼吸一次，皮带扣都会在他的耳畔轻轻地嘎吱作响。要摆脱这个讨厌的嘎吱声，唯一的办法就是把皮带解开来；他解开扣子，吊在蒸汽管上的这根皮带显得惨不忍睹，把皮带拿了下来。

爬下去要比爬上来困难得多，这理由他根本连想都没有想过。他鼓足勇气靠在墙上，慢慢地把一只抖个不停的脚往下面的椅子上放，他怕得要死，担心自己会失去平衡摔下去。这难道不是最他妈该死的事情吗？

等他最后终于平安地降落在地板上，再把该死的皮带穿回到他裤子的裤袢里，他只知道自己现在需要的是一杯酒。而且，他也不想喝藏在实验用的瓶子里的已经热掉了的黄汤：他要喝波旁，要喝一大杯，要放很多冰块，要像一个正常男人一样，坐在自己家的厨房里喝。

在艾丽丝过来站在厨房门口的时候，他还没来得及调好酒，更别说舒舒服服地开始享用了。她的神情看上去很困惑，还有一种奇怪的腼腆。

“我想过了，觉得你是对的，”她说。

“什么对的？”

“就是简历的那个地方，你写了你的残疾。我错了，就是这么回事，对不起。”

“哦，好的。”

“当然，还是你那样写比较好。那样更诚实，也更勇敢。我只是——我也不知道；总之，对不起。”她的一只苍白瘦弱的手伸到腰际，握住了放在那里的另一只手；两只手在一起搅了一会，直到她似乎有了勇气。“还有，杰克？”她说。

“什么？”

“你那么说，真好。”

“我说什么啦？”

“说我是——说我——你知道的。是个可爱的姑娘。”她呜咽了起来，不过马上又恢复了镇定。要是她哭起来，她擦着眼泪解释说，就说不出话来了——哦，她有那么多话想说。如果她走过去在他的身边坐下，他会介意吗？

这一切不可能是真的：血管里流淌着美味的威士忌，柜子里还有许多好酒；艾丽丝坐在他的身旁，感觉如此温暖，只有上帝知道他已经有多久没有那样的感觉了，对着他掏心掏肺，倾诉着排山倒海式的柔情。而他只需要坐在这里，让这一切发生；坐在这里，倾听她的心声。哇哦。

“……杰克，你还记得你第一次出院时的情形吗，你当时不停地说‘宝贝，我是一个残疾人了’？你还记得我是怎么说的吗？”

“不记得了。”

“哦，我真希望你还记得，不过没关系，我来告诉你好了。我说‘你就是我这辈子最想要的残疾人’。”

呃，好吧，太棒了，他想。真好啊；她觉得内疚了；她想要回来了；我们会接吻，会像电影里的夫妻那样重归于好。可是我们该怎么处理和法国佬拉普拉德要好了一年半的事情呢？

当他处于这种冷静的、有良好的分辨力的时候，他想到他也许该承认她并不是一个非常漂亮的姑娘。也许从来就不是，哪怕是在过去的黄金时代里，也只不过是他情人眼里出西施而已。比如说，她脸上的表情过于紧张；还有，要是她两只眼睛分得再开一点不是更好吗？再有，大家不都知道她这种年龄的姑娘已经很难再被称为姑娘了？哦，当然啰，一个女人也可能魅力无穷的——大家都知道——但是对一个在一年半的时间里每周有三到四次为一个体格强健、姿势优美的狗娘养的家伙开放大腿的女人来说呢？这家伙看上去简直就像是他妈的世纪之交时一个三流美术学校的“人体写生课”上的某个男模的一张旧照片。

哦，是的，是的，这就是那个该死的部分；这就是问题所在。如今，从今以后，他们又该拿法国佬拉普拉德那档子事怎么办呢？

“……你是多么**勇敢**的一个人，杰克，”她说，“哦，我知道你讨厌这么说——你以前常说残疾人讨厌别人说他‘勇敢’——但我的意思不仅仅指那个。你那种——顽强地生活下去的态度；你每天面对着这个糟糕的、糟糕的小地方时所表现出来的真正的勇气——哦，杰克，你知道孩子们有多爱你吗？”

“孩子们”这个词让他心碎，但同时也让他感觉良好。“孩子们”这个词将源源不断的血液送入他的胯裆，充填了他的老二，所以他接下来唯一能做的一件事就是把椅子往后面挪挪，尽量站起来。

艾丽丝帮助着他，嘴里还嗫嚅着什么甜言蜜语，他听不清楚。她用一只胳膊搂住他的腰；她紧紧握住他滑稽的小手，尽量和他那双滑稽的小脚保持步调一致，小心翼翼地，向他们的床边走去。

阿比盖尔·丘奇·胡珀通过几个律师通知克内德勒，她希望在学校关闭之前的某个下午把毕业班的学生邀请到她家去喝茶。

“这是个杂务，鲍勃，”克内德勒对德里斯科尔说，“但我没有旁人可托啊。”

于是，在一列不是很长的车队中，德里斯科尔驾驶着第一辆车，整个班在公路上行驶了十英里，来到了胡珀老太太家。他们中没有一个人以前去过这个地方。

她显然是在对“科茨沃尔德”建筑大感兴趣前买下或建造了这个家。这幢家宅是丑陋的维多利亚式的——就连每一扇窗户上都有的优雅的蓝雨篷也不足以弥补它——不过它看上去确实像用钱堆起来的。

一个中年男仆出现在刚刚平整过的鹅卵石车道上，告诉德里斯科尔该把车停在哪里；然后德里斯科尔和孩子们就走进了这幢房子，穿过一条又长又宽、挂着许多棕黄色油画的走廊，突然看见了她：一个又矮又胖的老女人，穿着紫衣，双膝分得很开地坐着，在一间宽敞的嵌着木板的房间里，背对着远处的一面墙。一根手杖靠在椅子的一个扶手上。

“……德里斯科尔？”她说，伸出一只满是老年斑的手，手心向下。“这是爱尔兰人的名字。你是波士顿人吗？”

“不是，女士。我是新泽西人。”

“哦。呃，不过要追踪爱尔兰人的行踪总是一件很不容易的事，不是吗？整个毕业班真的都来了吗？”

“这个班一开始人就不多，胡珀太太，”他说，“还有几个孩子离校服兵役去了。”

他们已经在老夫人椅子的一侧围成了一条犬牙交错的曲线——

他们似乎感觉到了什么在这里等着他们——德里斯科尔为他们一一做了介绍，他们鱼贯上前和她握手。

“……韦佛？”她说。“那是个很好听的英国名字……凡·卢恩？哦，那是个古老又好听的荷兰名字……”

一个女仆走进来，推着一台大大的茶点车——有茶和一小块一小块的松糕来弥补他们在此感到的不快——过了二十多分钟，孩子们就获得了自由。他们在房子里到处转悠，然后又回到前厅，看这房子里的摆设。然后德里斯科尔拍拍戴夫·哈钦斯的肩膀，说胡珀太太准备好了要跟他们大伙聊一聊。

“好的，先生，”哈钦斯说，然后他转身喊：“嘿，你们这群家伙——我是说，呃，小伙子们——”

德里斯科尔听到这句咯咯笑了起来。小戴夫·哈钦斯，学生会主席，也许还是学校里最令人满意的一个学生，他担心“你们这群家伙”这个说法也许会显得太刺耳庸俗，也许会使这幢大宅开裂崩塌。

然后他们聚集在她的左右，大部分人都坐在地毯上——好孩子，有礼貌的孩子，他们的父母花了贵得离谱的价钱把他们送到这个鬼都没听说过的滑稽的学校，他们在上个月刚刚听说他们的学校倒闭了，他们确实很有可能会感觉到在格罗夫那篇热情洋溢的社论中写到的那种“感情”，不过对他们大部分人来说，老天保佑他们，也许根本就不会在乎。

“到我身边来，孩子们，”胡珀太太说，好像她训练好了这句话现在要把它拿出来亮相了，尽管他们已经围在了她身边。“今天我很高兴看见你们大家，因为你们是我永远都不会忘记的——我的学校——的最后一个毕业班。

“我一直都想做个男孩，你知道。哦，是的……”说到这儿她那萎缩的两片嘴唇分开了，微笑着露出一口闪闪发光的假牙——“哦，是的；小时候，虽说我是个姑娘，可我总想做个男孩。因为你们知道，男人才是这个世界上**做事**的。男人**操控**着这个世界。而且，在我前夫去世后不久，我做了个梦。我梦见了一所男子学校，就是如果我**是个**男孩我就想去那里上学的那种。你们明白吗？呃，现在这一切都成了泡影，不是吗？

“不过，我希望你们知道我也努力补救过。我努力了好多年。我不想评论你们的校长克内德勒，因为我要考虑到自己的血压，但我要告诉你们这个：他从来就没有理解多塞特中学。他根本就不理解多塞特中学。所以现在一切都完了——多年来我全部的工作，全部的计划，全部的心血。全完了。我也知道你们即将要去参军什么的了。

“呃，我父亲在内战时是伯恩赛德将军的骑兵少校。他曾三次授勋，还有，呃，天，他真是个美男子。我永远也不会忘记他骑在马上的雄姿，哪怕是在他的晚年。他是个天生的骑手。而如今，再也没有什么骑兵队了，是不是，所以说你们这些孩子是错过了好时代。我想在罗斯福先生的这场单调的战争里，你们所要做的不过是按下自动按钮之类的事情。

“是的，好吧，要是孩子们没有什么问题要问的话，我觉得有点累了。”

孩子们没有问题。

回家，回学校，德里斯科尔开着第一辆车带领着他们的汽车小分队。他从方向盘上转过头去，想要说一句："我猜你们很高兴终于逃出了**那个**审讯室吧，对吗？"但他还是克制住了这股冲动。这样做不理智；这样做违背了克内德勒所谓的"做人要谨慎"。而且，整个下午孩子们也并没有显得十分紧张：他们吃吃松糕，喝喝茶水，以明显的耐心倾听老太婆的唠叨；这也许并不比一次礼节性的拜访老祖母糟到哪里去，要是他们有老祖母的话——他们中的有些人，想想看吧，也许来自一个足够富裕的家庭，也有和这个老太婆一样糟的祖母。

关于多塞特中学的倒闭有一份最后的声明。克内德勒一天在学生大会上说，美国陆军已经租下了这片地皮和建筑，也就是这所学校的"硬件设施"，作为失明军人的康复中心。在毕业典礼后，病人和医护人员会很快搬来这里的。

这对格罗夫来说真是天上掉了下大馅饼：毕业典礼这一期的社论他正缺素材，这个消息就能拿来用了。他写了几天；当最后一稿在截稿时间前一刻完成时，他把稿子拿给布里特过目。

致　敬

多塞特中学在把最后一个毕业班送上战场后，将光荣地被用于失明军人的疗养院。

在战斗中失去了光明的军人们，是很难在一个黑暗困惑的新地方感觉到有什么安慰的；即便如此，一九四四级的同学们还是想向他们做出如下保证：这里没有任何东西会让你们觉得恐惧的。我们在你们之前已经见识过了这里的一切。

在我们亲爱的校园里，我们见识过光与影在血红的石墙和石板路上跳跃嬉戏。我们见识过这里的树木。我们看着彼此在今日起身领取毕业证书；我们会记住道别时每个人的样子。

我们的视界将引领我们通过军训，不过很快，当我们去到前线阵地，我们的视界将不再明晰。到那时，我们将进入我们自己的失明状态——如果说不是肉体上的，那当然就是指这个词的心理意义。等到我们回来的时候，如果我们回得来的话，我们会发现自己永远地改变了。

你们——你们这些马上就要住进我们宿舍的年轻士兵——所拥有的希望远不如我们理应拥有的多，但我们的希望也是十分有限的；因此，在同志精神的意义上，我们向你们致敬。

欢迎啊，士兵们。尽管你们双目失明，尽管你们也许内心苦闷，祝你们在这里能够得到安宁，能够学会你们该学的东西。这块地方归你们了。

“写得真好，比尔，”布里特说。“我想这是你写过最好的一篇了。”

“呃，这他妈的应该是这样的，”格罗夫说，“它花了我他妈的四十九小时。”

“只是还有一件事。在第三段里，如果是我，就把‘校园’前面的那个‘亲爱的’去掉。你不是真的‘爱’我们的校园吧，是吗？”

"我想是不爱的吧。"

"好的，"布里特说，"去掉那个词就更有分量了。不过其余的地方都很不错。"

在斯通家打字的人是伊迪丝。她很擅长打字——她在校长办公室做过一年的秘书——她在打字机上敲打出的快速而沉稳的声音似乎是对在厨房里漫无目的地瞎弄或是在楼上休息的母亲的强烈谴责。

不是每个人都需要在某些时候觉得，也有权利觉得自己是个有用之人吗？哪怕是在一段孤独的、被人忽略的人生的尾声阶段？哦，等我过世了他们会想念我的，麦拉·斯通如是想，但最糟糕的是就连这一点她也无法确定。

斯通博士的很多时间都花在电话上。申请书和个人简历都写得很好，但像他这种年纪的人，只有那点证书，一份体面的工作似乎更有可能通过人际关系来获得。

"……霍华德？"伊迪丝听见他的声音。"我是埃德加·斯通……哦，我们都很好，谢谢，你怎么样啊？艾伦好吗？……很好，很好。霍华德，我们这儿遭遇了一场灾难；学校要倒闭了，所以我想不知道你那里是否有——什么？……哦，就是普通的那种麻烦；长期的经营不善之类；但我想你也许知道什么……"

伊迪丝没等听完这场对话就走出了屋子——所有这些电话都徒劳无功，实在让人忍无可忍——把她弄完了的一堆信件拿到办公室里，把它们放在"寄出"篮子里。在她去的路上，在四方院里，她抬头看见一个男孩走在她旁边，她总是很喜欢这个男孩，但也从来没怎么特别注意过——比尔·格罗夫。他跑得上气不接下气；显然他是在追赶她。

“你好呀，比尔。”

“嗨，伊迪丝。”有人说自从拉里·盖恩斯死后伊迪丝·斯通变得十分“糟糕”，但格罗夫觉得她还是很漂亮。

“真是有趣的事，”她说，“我正好在想你呢。”

“是吗？”

“因为我父亲昨晚说到了你。他认为你是个写作能手。”

“他这么认为？”

“哦，得了；你知道的。一个人擅长什么从来不需要别人来提醒的。总之，我想祝你在部队里万事如意。你大概什么时候去呢？”

“哦，毕业后就去，我想。”

“呃，听着，”她说，在去办公室的那条小路上停住了脚步。她用一只手把头发往后撩了撩，为了抬头看他。“我也许不会再看见你了——你知道；在你毕业前——你要保重了，好吗，比尔？”

“谢谢——你也保重。你也保重，伊迪丝。”

他希望她会在小路上停住脚步，回头朝他挥手，或者甚至会给他来个飞吻——带着这样的记忆去军队就太美了——但她一路走去进了大门，秀发在香肩上飘拂，长裙在美腿间飞舞。

接着就到了上课的最后一天。每节课不过是走走形式，有些老师几乎都没有现身，但现在重要的是让每个人都待在校园里，因为明天就是毕业典礼了。家长们会从四面八方赶来，他们中大多数人可能甚至无法掩饰住自己的怒火。毕竟，如果父母们想到这个学校有一天会倒闭、会像糟糕的商业投资那样不断走下坡路直到走投无路的话，有谁会愿意把自己的孩子送来这里呢？

至于毕业典礼本身，不管大家怎样努力，几乎可以肯定会是一个尴尬疲弱的典礼。不过，他们大家还是要去经历这场毕业典礼的。

罗伯特·德里斯科尔为了今晚可能会在寝室里发生些什么糟糕的意外而担心了一整天，但即便如此他还是被巡视时看到的景象惊呆了：几乎整个六年级毕业班都不见了。房间里只剩下亨利·韦佛和另外两个遭人排斥的家伙。

“这是某种恶作剧吗，还是别的什么？”德里斯科尔问着，一边用手电筒照着韦佛那张惊愕的脸。“他们去哪里了，韦佛？”

“我不知道，先生。”

德里斯科尔决心把手电照在韦佛的胸口。哪怕是个二等公民也该有双敏锐的眼睛吧。然后韦佛说：“你可以去艾德·斯洛伐克家看看。那个在发电厂干活的人。你认识他吗？他和这里的几个人关系很好；好像听说那里要举办什么派对。”

“哦，好的，谢谢。”

德里斯科尔确实认识斯洛伐克，一个总是笑眯眯的高大男子，穿一件脏兮兮的T恤，老是在抓他的腋窝，好像从来也没想过洗个澡换件干净衬衣身上就不会那么痒了。斯洛伐克的家住在离公路几英里远的一片树林里，是一间用简陋的隔板围起来的平房，光秃秃的地面上布满蛛网般的电线。

德里斯科尔已经发动了小汽车才意识到开着汽车去是不行的；于是他开到学校停车场换了一辆黄色的大货车。

当他把车子在尘土飞扬的回车道上一抖一抖地停下来，他看见斯洛伐克家里灯火辉煌，可以看见房间里许多孩子的脑袋和肩膀。

不过在门口迎接他的是一个外形枯槁、和他差不多年纪的人，看上去像是西班牙人——厨房里的一个帮工，还穿着他白天工作时的那条污迹斑斑的白褂子。

“这里没人，”那人说。

“得了吧，我是从学校里来的。”德里斯科尔从屁股后面掏出那只关掉的手电筒，好像在出示一枚徽章似的。

他们全都在这儿，在这间粗鄙的房子里的厨房和狭小的客厅里，邮购的亮色家具，哇里哇啦的收音机，还有四五个厨房帮工也在那里。斯洛伐克太太，一个胖女人，穿着件长到地面的袍子，一双脏兮兮的粉色拖鞋，正在全力以赴地调电台，完全没有注意到他的到来，不过她的先生，站在酒柜旁边，看上去是个不折不扣的快活的男主人。

“德里斯科尔先生！”他喊道。“你要来点什么提提神呢，先生？”

“不了，谢谢，”德里斯科尔喊回去，“今晚不要了。”

没有一个孩子由于他的到来而显露出明显的尴尬——他们为什么要尴尬呢？现在，真的还有什么必要对他们说，你们这样做是不对的吗？除了凡·卢恩，他正在和一个喝得迷迷糊糊的厨子说话，他们看上去甚至都不怎么开心。有几个看上去喝醉了——可怜的戴夫·哈钦斯看上去要昏过去了，或者要吐出来了，或者两者都是——不过他们都用一种如释重负的表情看着他，好像他们非常欢迎他来接他们，而不是觉得遗憾。

“好吧，听着，”他抬高嗓门和收音机竞赛，“我想到了该结束的时候了。卡车等在外面呢。”

然后他走出了房子，站在脏兮兮的打开的后挡板边上。他知道他们会乖乖地出来，他们也确实出来了。“我很惊讶今晚在这里看到你，戴夫，”他说，“还有你，休。”但哈钦斯太累了或者是太恶心了无法回答，而布里特只是给了他一个他在俄罗斯的小说里读到过的那种忧郁眼神。

“上车去吧，”他们或零零落落或三三两两地蹒跚着向卡车走来，他说。“上车去吧。”詹宁斯、波莫罗伊、麦肯齐、韦斯特法尔、凡·卢恩……

最后，格罗夫终于出来了，他是最后一个离开派对的人。德里斯科尔三年来一直在怀疑，究竟是什么原因让他独独为这个孩子心生怒火。仅仅是因为他不擅长跑步、投球和接球，还有就是整天在学校里做白日梦，除了喜欢的学科外什么也学不会吗？好吧，是的，还有就是他在那份该死的校报里扮演的**艺术大师**的夸张角色（克内德勒**干吗**要让一个多科成绩都不合格的孩子做这个呢?）。在预科学校里也许永远都会有格罗夫那样的孩子；你想帮助他们，你想喜欢他们，可结果只会带来烦恼，你也许永远也打不起精神直接用名字来称呼他们，直到十年后他们带上妻子来学校里旧地重访。

“呃，舍监先生，”他说，“我想你明白如果在正常情况下发生今晚这样的事情你就有大麻烦了。”

“是的，先生。”

“你为什么要那么干，格罗夫？呃？你为什么要耍这么傻的把戏?”

格罗夫低下了眼睛。“我不知道，”他说，“我们只是想我们……我不知道。我是说反正一切都结束了，不是吗?”

“是的，”德里斯科尔说，“对的，一切都结束了，没错。”然后，他自己也不是很清楚他想要表达什么，就重重地拍了拍这孩子的肩膀，任谁看到这个动作都会认为他充满了感情的。“好吧，比尔。上车去吧。”

他没有费多大力气就说出了“比尔”。他一直把这个叫法保留下来只为了等到一个最佳的时机，可现在根本就没有什么机会了，还等什么呢?

格罗夫狼狈地爬上卡车，德里斯科尔“砰”的一声关上后挡板，再用重重的小链条上的重重的小钩子锁好。然后他走到驾驶座，发动引擎，开车回家，把他们送回学校去。

路两边没有灯光，地上满是让背脊都要颠得散架的坑坑洼洼，战争结束前是不可能修了。如果你没有开惯卡车的话，驾驶起来是有难度的，德里斯科尔很高兴自己能集中思想考虑驾驶的问题，但随后他听见了他们的歌声。

他预料到他们很可能唱歌，但他想的是他们会唱什么战争歌曲，一首如今的美国孩子都耳熟能详的下流吵闹、啰里啰嗦的士兵之歌，比如《给我摇滚》或《祝福他们》之类的。然而，他们用颤颤巍巍的声音唱出来的却是一首大学生喝啤酒时唱的沉闷小曲，那是他多年前在塔夫茨大学读大一时记住的一首歌。

昨晚我喝醉了；
前晚我也醉了；
今晚我还要喝醉，
就像我从没喝醉过一样……

在这辆卡车上的孩子们还没有做好服兵役的思想准备，他们没有坚定的意志，没有骄傲的感觉，也没有挑战的精神。他们的歌声听上去——哦，圣母马利亚啊——他们的歌声听上去还像小孩子。

我们开开心心地唱歌，
开—开—心—心地，
来一桶啤酒啊，
我们四个分着喝……

要是罗伯特·德里斯科尔知道别人会怎么议论他此时的行为的话，他肯定会崩溃的。他把车速降到每小时二十五英里，为了安全起见；他把头趴在了方向盘上，双手紧紧握住方向盘；他睁着一只眼睛盯住路面，然而其余的一切都在他的心里炸开了花，他哭呀哭呀哭个不停。

跋

皮埃尔·凡·卢恩，因在一场战斗中被德国鬼子的榴霰弹击中导致伤口感染，在那场战役的最后一周去世了。那场战斗就是如今大家都知道的著名的“巴尔基战役”[1]。

一个月后，在地球的另一头，特里·弗林战死于第二或第三波硫磺岛海滩争夺战。

他们两个，加上拉里·盖恩斯，就是我所知道的多塞特中学学生在二战中的全部死亡人员。很有可能还有别人，但因为没有了校友动向栏，所以我也无从知道。

一九四六和一九四七年，我曾在纽约和巴基·沃德短暂碰面，他跟我说了很多战斗故事。他说他脚跛得很厉害，膝盖受了伤，还拒绝了一枚紫心勋章，不过当时真的很尴尬，看他跟着他走过好几

---

1 又名“阿登高地反击战”，是指二战尾声时德国对比利时、法国、卢森堡交界的瓦龙地区一个树木茂盛的山区发动的一次猛烈进攻。

条街，兴致勃勃地讲着他的故事，脚一点也不瘸。他说他有好几次自愿去做一些危险区域的第一侦察兵，或者去做一些别人会说“不！别去”的冒险事情。有两次，他说，一次在巴尔基战役，另一次在齐格弗里德防线[1]，德国大炮的冲击力“撕裂了我身上的每一片衣服——后来战友们找到我的时候，我身上就像一个刚出生的婴儿一般光溜溜的”。所有这一切都使他回国后对自己对于全人类的潜在价值有了深刻而崭新的理解。

“为什么我能幸免于难，这是个值得考虑的问题，”在凌晨一点的比克福德咖啡厅里，他热切地盯着一杯咖啡解释说。“为什么是我？还有那么多人呢，为什么偏偏是我？哦，我想，我永远都不能确定，但我想我知道。我想是因为基督教，是因为耶稣。”于是，他下定决心要去做一个教士，此后的三十年我没有见过他，也没有听到过他的任何消息。

我一直和休·布里特通信保持联系，直到一九五〇年左右。为了提高我的写作水平，我通常会打两到三通草稿。尽管在我们离校前的最后几个月里他没有说什么，但其实布里特已经被海军的一个称为 V－12 的计划吸收了，该计划允许优秀的学生作为海军人员进入平民大学学习，在那里他们能迅速获得学士学位和海军后备役的佣金。布里特在战后不久就达到了这个目标，几乎一辈子都没有离开过他出生的那个中西部城市；到那时候他也成了家，做了父亲。接下来是医科学校，他对此做好了充足的准备，在他最后一批来信中他说他想做一个精神科医师。中断通信的人是我：想要努力达到

1　又译为齐格菲防线，是纳粹德国于一九三六至一九三九年构筑于其西部边境的一道防线。

他的水平给我带来的压力终于把我给击垮了。

一九五五年的一天，我在莱克星顿大道上撞上了史蒂夫·麦肯齐。我们喝了几杯啤酒，假惺惺地嘻嘻哈哈了一番，互相拍了拍胳膊；最后，在外面的人行道上，我想我们一共握了三次手才终于道了别。就在他转身离开前，他突然说：“你听我说：不要太在意过去，好吗？如果一个人执拗于过去，可能会把自己给逼疯的。”

最近我父亲的形象常会出现在我的脑海里，也许是因为再过四年我就要达到他去世时的年龄。现在，我母亲也已去世多年，还有我姐姐——她年纪很轻就死掉了——不过我最不能忘怀的还是我父亲。

我努力地想象他年轻时的模样，就是在通用电气公司俘虏他之前的岁月里，那时候他独自在纽约州北部到处旅行，想要靠唱歌谋生。他那时一定是个勇敢、敏感、颇有些妄自尊大的人，但同时也常常会觉得疲倦，会陷入深深的怀疑，直到最后完全放弃自己的梦想。

我真正能够清楚记得的是他那悲哀的后半生——错误的婚姻使他付出了惨重的代价，局促在枯燥的小办公室里，为了电灯泡的销售管理付出了那么多年的心血，收拾得整整齐齐的西区公寓，芳香扑鼻的炖羊肉，我只能希望在他去世前的那几年里他找到了真爱。

然而，即使到现在，我最想记住的还是他的歌声，他那美妙动听的男高音穿越我童年的城墙鸣响在我的耳畔。十年前有一次，我深夜驾车行驶在美国中部，仪表盘里的汽车收音机发着噼里啪啦的噪音，突然从收音机里传出一片高亢纯净的声音；是他的声音，即使那只是一刹那的错觉，是某个千里之外的小城上的年轻男高音歌手：

……但是请你回来吧，
在那绿草如茵的夏日，
或是在那山谷沉寂、
白雪飞舞的冬日里……

然后，他的声音消逝在空中，噪音再次席卷而来，之后是广告，还有密苏里电台通宵的传教节目，他们是想告诉我关于人性的救赎，直到我关上收音机全神贯注地看着路面。

如果我父亲还活着，我一定会感谢他为我承担了多塞特中学的学费。我知道他从来也没有信任过那个地方，正因如此即便他不领我的情我也照样会坚持要感谢他的。我或许甚至会这么告诉他——这么说不过有一点点夸张而已——那里是一所好学校，而且至今对我有重要的意义。那里见证了我那糟糕透顶的青春期，很少有几个学校能够做到这点，那里也教会了我赖以谋生的手段。通过《多塞特纪事报》的工作，虽然我犯了许多从来没人注意到的印刷错误，但我毕竟学会了写作。难道那不能算是一个幸运的学徒经历吗？除此之外，那所学校就没有进一步的优点了吗？我在那里的中学时光就没有进一步的优点了吗？或者说，我自己就没有进一步的优点了吗？

我可能一直会在内心深处问我父亲这样的问题，在我失败的时候，我寻找着他的爱，在我在意他的爱的时候，我没有找到它；不过所有的一切——就像以前常常有人强求他演唱《少年丹尼》一样，他会后退一步，微微摇手表示拒绝，脸上同时出现微笑和皱眉的表情——所有的一切已成往事。

图书在版编目(CIP)数据

好学校/(美)理查德·耶茨(Richard Yates)著;
姜向明译. —上海:上海译文出版社,2019.12
(理查德·耶茨文集)
书名原文:A Good School
ISBN 978-7-5327-8268-0

Ⅰ.①好… Ⅱ.①理…②姜… Ⅲ.①长篇小说—
美国—现代 Ⅳ.①I712.45

中国版本图书馆CIP数据核字(2019)第248878号

图字:09-2013-539号

好学校
[美]理查德·耶茨 著 姜向明 译
责任编辑/王嘉琳 装帧设计/好谢翔

上海译文出版社有限公司出版、发行
网址:www.yiwen.com.cn
200001 上海福建中路193号
苏州市越洋印刷有限公司印刷

开本890×1240 1/32 印张5.75 插页5 字数98,000
2019年12月第1版 2019年12月第1次印刷
印数:0,001—5,000册

ISBN 978-7-5327-8268-0/I·5069
定价:45.00元